蟹食へば…

別宮貞徳

南窓社

はじめに

「氏より育ち」をもじった「柚子（ゆず）より酸橘（すだち）」を見て、なるほどねぇと感心したのはいつの頃だったか。それをきっかけに、自分もこの手のパロディをものしてみようと思い立った。もともと、一種の知的パズルとして、言葉遊びが無性に好きなたちである。以来折に触れて、俳句やことわざなどのもじりに頭をひねってきた。気随気儘な制作だから、一度に二つ三つポンとできることもあれば、何か月も空白のこともある。次第にたまってくるうちにひとに披露したくなるのは、手塩にかけて咲いたバラをあげたくなるのに似ている。しかし、披露と言っても同人誌があるわけでなし、そもそもパロディ作りの道楽（?）を同じくする人なんぞそうそういるわけもなし。ひとり自作を小冊子にまとめたところで誰も見向きもしないだろうし、翻訳のクラスでたまに弟子たちに紹介して笑ってもらうだけで月日が過ぎていった。

それが昨年九十歳を迎えて、原句、パロディ、あるいはその両方をめぐって、思うこと、感じること、考えること、経験したことなどを書き加えていけば、一応本の体裁はととのうかなと思い当たった。頭のほうはまだしゃんとしているものの、書く気力、体力の面に不安なきにしもあらずだったが、生涯最後の著述になるかもしれぬと臍を固めれば九十力（くそ）も湧き出たか、半年あまりでめでたく書きあげることができた。その成果がこれである。

　というわけで、本書の本体はあくまでパロディにあり、あとにつけた記事はある意味でおまけに過ぎない。したがって、読者の方々には目次にざっと目を走らせニヤッと、あるいはクスッと笑っていただければ、それだけでも作者としては本望である。しかし、一般論としておまけだからといって価値がないわけではない。おまけとは、それなりの価値が認められればこそつけられるものだろう。それどころか、世間ではおまけ目あてに本体を買うこともなくはない。

　そして、本書におけるそのおまけ。身辺雑記風随筆あり、アカデミックな論考（既刊の自著からの引用多々）あり、自分史的回想ありで、まことに取りとめがないのだが、目次に目を走らせたついでに、もう一つページをめくってごらんになるのもよくはないか。何が出てくるかわからないのが、また、おまけらしいところだと思う。

蟹食へば…　目次

目次

本文挿画「新板　いろはたとへ雙六」一鵬齋藤よし画、大橋堂版
装丁・南窓社編集部

蟹食へば・・・

蟹食へば金（かね）がなくなる北陸路

――柿食へば鐘が鳴るなり法隆寺

ぼくがスキーを始めたのは小学校低学年のころ、もう八十年以上も前のことになる。まだスキーなど珍しく、ごく限られた人しかやっていなかった時代で、板をかついで歩いていると、行き交う人がいったい何ごとかと不審と好奇の目を向けたものだった。そんなふうに人のやらないことをやるのが、幼い心には多少得意である反面、同じ理由でかなり恥ずかしくもあった。

当時関西の西宮に住んでいて、シーズン中の日曜祝日には、父に連れられてときどき日帰りのスキーに出かけた。目的地は兵庫県の北、京都府に属する夜久野原（やくのがはら）で、大阪から福知山線を利用する。先年脱線事故で一躍名をあげた――下げたというべきか――福知山線は尼崎から福知山までだが、夜久野はその先にあり、多分大阪から城崎温泉あたりまで行く直通列車があったのだろう。武庫川沿いに北上し、宝塚、三田を経て山間を進むとやがて福知山。ここから山陰線に入って二駅三駅ほどで到着する。

夜久野原というだけあって、駅前には平坦地がひろがり、すぐにスキーを履いて出られる。少し行った先が低い丘陵で子ども向き、初心者向きのスロープがいくつかある。ここで滑ったり転んだりはしゃぎまわる。スキーは転んでも痛くないから子どもにはありがたい。昼前について夕方まで、その間には持参の弁当昼食もあれば茶店で汁粉のお八つもあり、楽しい限りの一日が終わる――いやまだ終わらない。

帰りはもと来たルートをもどらず、山陰線を和田山まで下り、そこで播但線に乗り換えて姫路に出る。（因みに播但線は播磨と但馬の二国を結ぶ線。）さてやれやれと夜久野で列車に乗ったときだったか、和田山で乗換えのときだったか、駅でカニを売り歩いている。（昔はカートを使った車内販売などない。売子のおじさんがベルトで首から下げた木枠の浅い箱に品物を山と積んでホームを行きつ戻りつ売り歩くのを、車窓から首を出して買うのである。）日本海が近いから、スキー客目あてにここらでいう松葉ガニを仕入れてくるのだろう。それを目がけてあっちからもこっちからも手が出る。父もそのひとりである。なにしろカニが好きで、松葉ガニに限らず家では瀬戸内海産のワタリガニもよく食卓にのぼっていたから、目の前のカニをやりすごす手はなかったにちがいない。車内は薄暗い電灯のもと、大勢の客がカニの脚をほじくっていてさながらカニ食い列車の趣。こちらはまだ手先が器用ではないから、父に助けてもらって口に入れ、一日の疲れは出るわ、腹はくちくなるわで、固い背板に身を休めながらしばしの眠りにつくのだった。

カニは旨かった。安かった。誰にでも手が出せる庶民の味だった。

長じて戦後間もない昭和二十五年。しょっちゅう屯してはマージャン卓を囲んだり、旅に出たりしている悪友三人と、はるばる北海道まで足を伸ばす遠大な計画をたてた。列車で北上というような陳腐の策は取らない。日本郵船で戦時唯一沈没を免れた雲仙丸が芝浦・釧路間に就航していたので、往路はそれを利用することにした。

北海道膝栗毛と称するこの珍道中の顚末を、数多くの写真とともに拙い文語体で記した記録が残っているので、それを少し引用してみる。

七月十一日……一同艀に乗り沖合に碇泊せる日本郵船雲仙丸に向ひ、意気揚々とタラップを踏みてめでたく乗船、三等船客の一員とぞなりぬる。船室は畳敷き、八畳ごとに腰板もて仕切りたるだだっぴろき部屋。膝も延ばせぬ汽車にひきかへ、寝るによく、遊ぶによく、ダベるによきコンパートメントをわずか四人にて占領する果報に一同思はずにたあり。早速荷物を下すや、我物顔に船内を闊歩せり。

……

十二日……ひねもすデッキビリヤードにうち興ず。遊びにかけては天才的なるわれらなれば、忽ちのうちに上達せり。さるにても船旅の楽しさは又言はん方なし。汽車よりも日数多くかかりて退屈ならんと人の言ひ居りしは杞憂に過ぎざりき。イルカの群の船を慕ひて遊弋するあり。旅情いや増しぬ。

……

十四日午前七時釧路入港。霧深く冷気肌を刺す。下船に先立ち世話になりし事務長を囲み記念の写真を撮る。われらのビリヤード教師にして且又よき話相手なり。戦時中船員にて殉職せる者数知れず、幸い生き延びたる者も今や船なし。曾ては派手やかなる欧州航路に勤務したりといへども、今は沿岸をうろちょろする他なき由。この事務長氏もその一人にして、太平洋にとびこむこと数次に及ぶ歴戦の勇者なり。

下船、直ちに上陸。東京を去りて六十六時間後、待望の北海道の土を踏む。奇しくもパリ祭の佳き日にあたれど、およそパリには縁遠き灰色にくすぶりたる田舎町なり。駅の待合室に至り時刻表を調べ、鳩首協議の末、阿寒行直通バスを利用することに決す。一時間余りの暇を利し、付近を逍遥して名物タラバガニを買ひ求む。僅か四十円にて抱えるほどあり。安きことまさに桁外れなり。それなる獲物をわれら四人千切っては食ひ、食っては千切り、傍らに人無きが若し。

というわけで、自由奔放な学生として気ままな旅先でぶつかったのは、またしてもカニ。今回はタラバガニである。消費者物価指数などからすると、現在の物価は昭和二十五年の約八倍なので、当時の四十円は現在の三百二十円ということになる。桁外れに安いと驚いているのはもちろん東京にくらべての話で、かりに釧路は東京の半値とすれば、東京では六百四十円、四分の一値として東京の業者に暴利をむさぼらせても千二百八十円である。抱えるほどというのがあいまいだが、タラバガニの柄の大きさからして、およそ一ぱいと見て大差なかろう。それが千五百円しないとは！当時のタラバの安さ、逆に言って今日の高さに唖然とせざるを得ない。

　この驚きにはまだ続きがある。一行は阿寒・摩周を訪れたあと弟子屈を経て釧路に舞い戻り、そこから一路札幌に向かう。札幌で知人宅に寄宿しながら要所要所を見物ないし見学すること五日。次いで苫小牧東方遠浅の牧場（これまた知人）に移動し、牛馬羊相手に戯れること五日。登別の温泉で一日旅の疲れを休めて後、室蘭の友人を訪ねて一泊。そこでようやく本土へ向けて車中の人となったが、乗換駅の長万部でまたもやカニにぶつかった。このあたりは毛ガニが名産である。釧路での体験もあり、この機会のがしてなるものかといきおいこむ。仲間のひとりがホームで毛ガニを買い求めているスナップ写真が残っているが、それを見るとどうやら百円札を出してお釣りの十円札を六、七枚数えているような様子。カニは二、三ばいぶら下げているから、一ぱいの値段は釧路のときの半分以下と想像される。さて車内へ乗りこんで一同かぶりついたが、対面する友のほうをちらとうかがうと、まるで弁慶ガニが泡を吹いているようなご面相である。そこで戯句（ざれく）を一つ、子規風に

蟹食へば蟹となるなり友の顔

道内北の方には花咲ガニなるとげとげの種類もいて、それにはお目もじかなわなかったが、主役のタラバガニ、毛ガニの安さはこの通り身をもって体験するところとなった。

旅行は本州でも二、三か所滞在して前後三週間に及んだが、その間宿屋に泊ったのは阿寒、弟子屈、登別の三泊だけ、あとは友人知人宅や社寮を渡り歩くという超ケチぶりである。しがない大学生の身分で精一ぱい出費を惜しみながら、カニを買うのにはいささかの躊躇もない。こちらの食い意地が張っているのもさることながら、なによりも、昔はカニも安かったのだ。

さらに時を経ること四十余年の平成八年三月、同じメンバープラス1で能登・金沢への旅行をこころみた。東京駅の待合わせ場所をまちがえてひとりはぐれ、予定の列車に乗り損なうと

いう大失態を演じたものの、なんとか数時間遅れで、仲間と現地和倉温泉で合流することができた。翌日観光バスで能登の名所を回ったあと金沢へ入る。金沢には兼六園をはじめ訪ねるべき所は数多いが、食の方面で欠かせないのは近江町市場だろう。そしてこの時期、近江町市場と言ってまっ先に頭に浮かぶのはズワイガニである。ずらり並んだカニの列を前に、魚屋の売り声がかまびすしい。言うまでもなく、一同目を輝かせてあれこれ物色するが、もう昔とちがいれっきとした社会人だから、若気をふり回して路上でムシャムシャとはいかない。つつましく宅急便で自宅へ送るのだが、さてその値段。オス二はいで一万六千円、一ぱいなら一万円だと言う。年寄り夫婦ふたり暮らしで二はいなんて食べられるわけがない。やむなく一万円払わされる破目になった。ああ、なんたるその高さ。半世紀の歴史の重みをつくづく味わわされた。

ズワイガニ、越前ガニ、松葉ガニと地方によって呼び名はさまざまだが、すべて同一種で学名（和名）はズワイガニである。メスはオスにくらべてはるかに小さくセイコガニと呼ばれ、まるで別種の感じがする。カニの中では北海道産のタラバガニがもっとも値が張り、今なら良質のもので一ぱい二万円を越すのではなかろうか。ズワイはそれに次いでもう一万五千円になっているかもしれない。（別種の紅ズワイは値は安いが味は落ち、丸ズワイとなると値段、味共にさらに下落する。）生がこうだから缶詰もそれに従うことは言うまでもない。近くのデパートの缶詰売場ではタラバガニの棚は見本が一つ置いてあるだけで、「この商品がご入用の方は係にお申しつけ下さい」と貼紙がしてあった。なるほど万引されたら大損害だろう。

日本人は世界でいちばんエビを食べる民族らしいが、カニに対する貪婪さも世界屈指ではなかろうか。欲にまかせての乱獲の結果がこれである。クルマエビが養殖の成功で安くなった例があるが、カニはどうなのだろう。いろいろ対策は講じられているらしいが、もう昔のような庶民の味にはなりっこない。いや料理屋「カニ道楽」ははやっているし、カニ食べ放題のセット旅行は大人気じゃないかとおっしゃるかもしれない。それは平常あまりにも高いからこそ、たまに割安感にひかれて行くだけの話である。

実はその後われわれ夫婦だけで、福井あたりへ越前ガニ目あての旅行をする計画を立て、福井出身者の助言などを聞いて、雪道を歩くためのオーバーシューズまで用意したことがあったが、女房殿の急病で沙汰止みとなった。あるいはそれがかえってよかったかもしれない。北陸へ出かけていい気になってカニを食いまくったら、財布がどーんと軽くなること請合いである。

蟹食へば金（かね）がなくなる北陸路

〔クイズ 1〕
タラバガニの脚は何本ですか。

進めあくまで戻り忘れず
――雀百まで踊り忘れず

滞日経験のあるイギリス人ジャーナリスト、デイヴィッド・ターナーは、その著『鳥たちの博物誌――鳥とりどりの生活と文化』（拙訳。悠書館）の中でこんなことを言っている。

よその国では考えられないほどイギリス人はイエスズメが好きだが、そこにはイギリス人の国民性がよく表われている。〔注。イエスズメは日本でふつうスズメと呼ばれているものにあたる。〕

因みに、著者の奥さんはなんと日本人で「この翻訳のおかげで故国の親たちに夫の本を読んでもらうことができ、嬉しく存じます」とはるばるロンドンから手紙を下さいました。
もう一つ。これはダジャレ、語呂合わせ続出のとてもおもしろい本です。日本にいる鳥についてもトキの人工飼育にまつわるちょっと皮肉な記事などいろいろ出てきます。

「お言葉ですがターナーさん、これは日本ではじゅうぶん考えられることですよ。日本人もイギリス人に負けないくらいスズメが好きだと思います。いや、好きだったと言うべきだ。少なくとも昔はそうでした。」

さらにつけ加えて著者の曰く、

イギリス人がスズメに夢中になる……理由は、うわべだけ派手なものよりも、平凡でむさ苦しく慎ましいものに愛着を感じるという国民性だろう。イエスズメはお高くとまることがおよそなく、しょっちゅうピクニックのテーブルに現われては食べられるものはないかと探している。その冴えないところが魅力なのだ。極楽鳥の雄はすばらしく幻想的な色彩で身を飾り、複雑きわまりないディスプレイで雌の気を引くが、イエスズメはそれに対する飾りのなさのアンティテーゼといえる。イギリスには見せびらかしの好きな人はいない。だからスズメはみんなに好かれる。

「そうそう。日本人の国民性にもそんなところがあります。いや、ありました、今は正反対……」

こういう記事もある。

わたしたちがよちよち歩きの赤ん坊で、家の庭や……公園でうろうろしていたころ、両親がこのちっぽけな脳みそに「小鳥さん」がどういうものか教えようとして指差してくれた鳥はなんだったか、いちばんそれらしく思われるのはイエスズメだろう。どこにでもいて、機会さえあれば食べ物の屑を探しては食べているこの鳥は、わたしたちが最初に覚えた鳥である。愛着はそんなところから吹き込まれた。

そう、たしかにぼくらもそうだった。家の屋根にも庭先にも道ばたにも、ほんとうにどこにでもいてチュンチュン餌をついばんでいる鳥。そうかと思うと稲を食べるので農家には目のかたきにされ、案山子や鳴子に驚いてパッと飛び立つ大群の鳥。それはスズメだった。多分最初に名前を覚えた鳥でもあっただろう。

それが今はどうだ、スズメなんて見たくてもなかなか見られない。スズメに限らずここ数十年の動物相・植物相の変わりようは驚くばかりである。戦後十年ぐらいは、東京西郊のわが家の芝生をコジュケイの親子が一列縦隊で歩いている姿が見られた――夢のような話。子どもたちがヤンマのあとを追って、「ギンチャンノオツ」とかはやしたてながら、車などめったに通らない道路を駆けずり回っていた。ナミアゲハやクロアゲハが飛び交い、サンショウやカラタチの葉裏に産みつけられたその卵を採取してきては、飼育箱で羽化するまで育てるのが楽しみだった。指先にかわいい幼虫（イモムシ）を載せたときの、肢がペタペタくっつくような感触が忘れられない。

　キャベツを栽培する畠がなくなるにつれ姿を消したモンシロチョウに代わって、多くの人がモンシロチョウとばかり思っているスジグロシロチョウがすさまじくふえた時期があった。住宅地にこのチョウの好きなムラサキダイコン（諸葛菜）が多くなったせいらしい。ところが肝心のムラサキダイコンがどういうわけかあまり見られなくなったら、スジグロシロチョウも運命を共にして数を減らしている。

　反面二、三年前ナガサキアゲハの美しい雌がバラの枝先に翅を休めているのに気づいて、それこそ総毛立つほど感激した。その名の通り九州では普通種だがまさか東京でお目にかかるとは。中学生時代に六甲山でたくさん採集した天下一品の美麗種ツマグロヒョウモンは、ここ数年来東京でも珍しくなくなった。いずれも地球温暖化の影響で着々と北上を続けているのだが、特に後者はスミレ科の植物が食草で、パンジーを育てている家庭がふえたことが幸いしているという。さらについ先だってのこと、妻がきれいなチョウが飛べなくなって地面に落ちているとしらせてくれたので、どうせツマグロヒョウモンあたりだろうとたかをくくって見に行ったら、なんとアカホシゴマダラだった。奄美大島特産（中国原産）のこのチョウが近年各地で大発生しているらしい。中国から持ち帰って放したのが定着増殖したという話もある。

鳥に話を戻そう。このあたりは大きな樹や林が比較的多く、昔は夕暮時にコウモリ（バット）が軒をかすめてアクロバットよろしく乱舞していたような土地柄で、今でも時たまアナグマ（ムジナ）がひょっこり顔を見せるほど自然が豊かなので、町なかよりずっと鳥が多いことはまちがいない。

コジュケイの縦隊行進はもうはるか昔のこと。その後記憶に残っているのはムクドリで、十羽にあまる群れがたびたび芝生に降り立っては、ミミズかなにかムシをほじくっていた。二十年ほど前には、毎年秋にオナガの大群が押し寄せ、ギャーギャー鳴きわめきながらたわわに実った柿を食い散らかすのが癪の種だった。やがてカラスがそれに取って代わる。こちらは近くの動物園の森を住みかとして、動物に与えられる餌を横取りして暮らしているのが、住宅地にまで領分をひろげてきたのである。

カラスはこわい。だいたい風体（ふうてい）が気に食わない。烏の濡羽色といえば聞こえがいいが、黒の装束に陰険な目を光らせ、腕組みこそしないが両の足を突っ張らせたところは、さながら○○

組の用心棒の感じ。「権兵衛(ごんべ)が種蒔きゃ烏がほじくる」の諺通り、油断も隙もあったものではない。ごみ袋を荒されるのを防いで追い払うと、逆に仕返しさえされかねない。軒下や茂みの中にキジバトが時折巣をつくるが、そのひながカラスに襲われて、羽根だけ地面に散っていることが一度ならずあった。おまけに頭がいいので始末が悪い。人間さまがその撃退に策を講じても得てして裏をかかれる。(日本のカラスのりこうさはターナーも言及している。)しかし、行政が駆除に乗り出した効あってか、近頃めっきり数が減ったのはやれやれである。

シジュウカラが灌木の茂る中で群がり騒いでいる時期もあったが、このところ縁遠い。季節によってツグミがつつと地表を走ったりもする。つい先だっての七月、暑い盛りというのにウグイスが声もうららに囀っているのを聞いて、わが耳を疑うほど驚いたが、夏鶯が季語にもなっていることを知って、己の無知を思い知らされた。

ほど近い公園の鳥も変わった。七、八年前までは、池に渡ってくる鳥がマガモをはじめ何種類もいたが、ほとんどこなくなった。留鳥のカルガモさえろくに姿を見せない。環境に大きな変化があったとも思えない。もっとも先頃池の水をもとのように澄んで豊かにするためかいぼりを行なったところ、放棄された自転車が二百台も出てきたという信じられないような事実が明らかになったから、人間の目に水中の状況はわからなかったにしても、鳥の目にどう映っていたか知れたものではない。あまりの汚なさに、もう住むのはこりごりと愛想をつかしたのかもしれない。とにかく池の周辺をわがもの顔に飛び回り歩き回っているのはカラスとハト。それだけである。

さて、ここまで近辺の鳥について長々と筆を進めてきたけれども、その間にスズメのスの字も出てこない。いったいスズメはどうなったのだろう。いないのはこのあたりだけで、いるところへ行けばいるのかもしれない。しかしそんなところでもそうやたらにふえたわけはないだろうから、全体的に見て減ったことはまちがいないと思う。ターナーによれば、イギリスでも一九九〇年代に「イエスズメの生息数が急速に減少していることが明らかになった」という。ところがそのあとが日本とちがう。そのことを

悲しんだのはイーストエンドの住民だけではなかった。スズメより美しく、大きく、多くの人の目をみはらせる鳥がもっと危機に瀕していたこともたくさんあったが、このニュースはそんなときよりはるかに大きく人びとの心を動かした。

日本人はスズメの減少に気づいているのだろうか。気づいているのなら、なぜその原因の究明と対策に乗り出さないのか。気づいてはいても「心を動かし」ている様子は見えない。カラスはふえると困るからなんとかするが、スズメは減っても困らないからなんにもしないのか。

日本人はどうやら「平凡でむさ苦しく慎ましいもの」より「すばらしく幻想的な色彩で身を飾り、複雑きわまりないディスプレイで雌の気を引く極楽鳥の雄」のように「うわべだけ派手なもの」の方に愛着を感じるようになったらしい。「冴えないところに魅力」――なんてまるで感じない。「見せびらかしの好きな人」――ごまんといる。スズメの数はどか減りし、それに半比例するように国民性は様変わりとなった。

　こんなふうだから今の子どもは

チーチーパッパ　チーパッパ
スズメの学校（がっこ）の先生は
むちを振り振りチーパッパ

とあたかもスズメと一体となって声を張りあげることはないのではないか。昔話「舌切雀」で舌をチョン切られたスズメの悲運に顔をくもらせ、最後にいじわるばあさんがひどい目にあう結末に目を輝かせることもないのではないか。しかし、思い起こそう。

　すずめの子そこのけそこのけお馬が通る

と詠んだ一茶の暖かい眼差しを。それこそスズメに対して日本人が抱いていた愛情の表われではなかったか。

これほど身近で愛着を覚えていたからこそだろうが、日本語に雀を冠する言葉や雀を織りこんだ言い回しの多いことは驚くに値する。スズメノテッポウなど植物の数々は、「雀の涙」と同じく小さいものの象徴として使われているわけだが、対象によっては逆にスズメバチのように大きいことを表わしもする。「雀焼」は形からきている。「雀鮨」はご存じない方が多いだろう。大阪にこれを看板商品にする老舗があって、父がよく土産に買ってきてくれた。

そして「雀百まで踊りを忘れず」。これが「幼少のときに身についた習慣は年とっても残っている」という意味であることはわかる。（「若いときに覚えた遊びぐせは年をとっても抜けない」という解釈もあるようだが、ここではとらない。）しかし、スズメがいったい踊るのか、という疑問がどうしても消えない。スズメは両足を揃えてピョンピョン跳ぶように歩く（と言えるのかどうか）。あれはジャンプであってダンスではあるまい。と思って『広辞苑』を引いてみたらそのものずばり「雀踊」というのが出てきた。ところがなんのことはない、「雀の模様の着物を着、奴の姿で踊るもの」とある。あてはずれもいいところ。もう一つ「雀の躍り足」。これは「筆跡の拙いたとえ」だそうだが、肝心の説明がない。雀が躍ること、その足の運びが整っていないことが万人承知の事実ならともかく、そうではないのにどうしてそれがたとえとなり得るのか。結局埒あかず、スズメの踊りの理解はあきらめた。

「百まで」とはまたどうして？　そういえば同じようなことわざ「三つ子の魂百まで」も百だが、人間なら「百まで」に不思議はない。ツルが千年ならスズメはいいところ十年だろう、などといちゃもんをつけるのは不粋というべきか。

不粋な原典批判はこれくらいにして、ぼくのおやじがそれこそ「雀百まで踊りを忘れず」の山男だったことで、話はパロディ句につながっていく。

「進めあくまで戻り忘れず」に説明が必要な難解部分は全くないだろう。エベレスト登頂とかヨットで世界一周とか危険を伴う行動に出るときには、耳にタコができるほど言いきかされる。「無理するな。危ないと思ったら引き返せ。功名よりもいのちのほうが大事だ」と。しかし、そのことは重々承知しながら、進むべきか退くべきか判断がむずかしいこともあるのではないか。当事者は、進んだときの危険度と退いたときのマイナス部分をいつもはかりにかけなければならない。功名といのちをくらべればいのちのほうが大事にきまっている。たとえばエベレスト登頂をあきらめても、マイナスといえば資金面その他いろいろな苦労などほとんど自分ひとりにかかってくるものでそれほど人に迷惑はかかるまい。登頂を強行していのちを失う危険度の高さにくらべれば取るに足りない。進むのは愚かと言うほかない。

しかし、危険性といってもその度合いはいろいろである。近ごろ歩道を歩いていても車や自転車にはねられる事故が相次いでいる。そのことからして、歩道を歩くのもある程度危険を伴うことは、誰にでも予見できるはずである。しかし、誰もその対策をとらない、歩道を歩くのをやめはしない。

去年の三月、那須岳で合宿中の高校山岳部員が雪崩に巻きこまれて死傷者が出た。春山の登攀訓練の予定が積雪のためラッセルの訓練に切り替えたらしいが、なぜそこで中止しなかったかと非難の声があがった。その後公表された事故検証委員会の最終報告書は「計画全体のマネジメントと危機管理意識の欠如」が最大の要因だとしたあと、引率教諭に対し、雪山経験があり、新雪がある尾根斜面を生徒の隊列が進めば雪崩の危険があることを認識し得たはずだと指摘し、「この点については予見可能性があったと考えられる」と述べている。表層雪崩は春先には大なり小なりよくあるもので、ちょっと急な斜面の中腹や底は危ないといえばどこでも危ない。雪山の経験知識がある程度あれば誰でもその認識は持っているだろう。ただその危険の度合いが問題である。この教諭は、最近雪崩のあった場所は知らされていてそこは避けたとも報じられているし、雪崩のことは十分頭に入れながら、当該箇所に起こる可能性はそれほど高くないと考えたのではなかろうか。そして訓練を中止した場合のマイナスが絶対的にも相対的にもずっと高く思われたのではないか。所期の訓練の成果、教育効果が夢となるばかりではない、準備にかけられた費用も努力もすべて水の泡。積雪のためラッセルに切り替えたのは、むしろ時宜を得た判断ではなかったか。中止して帰ってきたら「なんと機転のきかない男か」と蔑まれたにちがいない。同じ立場に置かれたら、おそらく十人が十人引返しはしなかったと思う。たまたま運悪く雪崩にぶつかったためにとかくの取沙汰をされるのは、さぞかしくやしいだろうと同情したくなる。

そして父について。「雀百まで踊りを忘れず」を地で行く山好きだったことは先に触れた。若い頃から日本山岳会の仲間と各地へ出かけ、特に黒部に入れこんでいて、黒部川の十字峡を発見するとか、あのあたりの開拓者のひとりだった。ぼくは不肖の子で、登山が格別好きなわけではなかったが、小中学生の頃、たびたび父に連れられて「山登り」をした。

遠くへは行かない。阪神間の西宮から西は目前に大阪湾が広がり、背後には六甲連峰が迫っていて、朝は海水浴、昼からはハイキング、あるいはその逆ができるという、休みを過ごすにははなはだ都合のいい土地柄である。自宅から二、三十分も歩けばもう六甲への登り口にさしかかる。屋根伝いに進んで、足場の悪い所を父の助けを借りて半べそかきながら通り抜けたおぼえがある。登り終えて山頂まで足を伸ばしたり、途中から芦屋あたりへ降りてきたり、いろいろだった。山向こうの有馬温泉に下った記憶も一度ならずあって、温泉街で炭酸せんべいなど売っていたのが今でも瞼に浮かぶが、西宮からは距離がありすぎるから。そのときは、登りには阪急電鉄の六甲駅からケーブルを利用したのかもしれない。

父にとっては六甲登山などもちろん家族サービスの一環で、本格的な登山は別の趣味だった。本命は言うまでもなく黒部で、最後に行ったのは昭和十二年頃だったかと思う。それ以後は戦争で登山どころではなくなった。多趣味の父は写真もその一つで、黒部をめぐっても大量のスティル写真のほか十六ミリ映画も残しており、後に日本山岳会が編集してくれた。

戦後所用で渡欧したときには、ガイド付きでアルプスに登っている。その途中の様子や麓の景観などを八ミリのカラーフィルムに収めていて、家でそれを映写しながら楽しそうに解説するのをたびたび聞かされたものである。筋向かいにお住まいだった串田孫一さんが一度見にこられた記憶がある。

晩年には日本山岳会の会長に選ばれた。そして昭和三十三年九月、富山で行なわれる国体の登山競技に列席するため立山に出かけた。（昔は国体に登山も含まれていた。）山岳会会長の立場上入山式や閉会式に挨拶しなければならなかったらしい。現地には三日いたのだが、その間の自由な時間に山を越えて黒部川の工事中のダムサイトを見に行っている。景色の変貌ぶりに驚きながらも、工事の手の及んでいない所には昔のおもかげが残っているのが嬉しかったようである。

十七日、閉会式に列席したあと同夜の夜行列車で帰京の途につき、十八日朝帰宅したが、重要な会議があるため取るものも取りあえず出勤するというあわただしさ。帰りには途中買物までして家にもどり、うまいビール一杯でやっと一息ついた。そしてその夜、床についたあと一時過ぎに突然呼吸が荒くなり、心臓の痛みを訴えながら「たいへんなことになった」という言葉を残して息を引き取った。死因は狭心症。隣室でねていたぼくは死に目には間に合ったが、ほんとうにあっという間のできごとだった。

以下は父が克明につけていた日記を見てわかったことである。父は勤め先の健康診断で心臓の肥大を指摘され、知人の医者から狭心症の応急薬を常時携行するよう指示されていたらしい。しかし、心配させるのを慮ってか、家族には一言もそのことを洩らさなかった。立山滞在中には「心臓に圧迫感がある」「心臓が具合が悪い。N〔友人〕にも怪しまれた位である」「どうも心臓が気懸りである」と連日記述がある。現地には救護班も待機しているだろうに、なぜ不調を訴えなかったのか。それに、心臓が気懸りと言いながら、なぜ必要もないのに三千メートル級の山を越えて黒部まで行ったのか。いや、それは疑問の余地はない。それほどまでに、懐かしの黒部を一目見たかったのだろう。「雀百まで踊りを忘れず。」そして山岳会会長としての責務をゆるがせにできなかったのだろう。気懸りではあっても、体の頑健さを信じ、なんとか切り抜けられるだろうと高をくくっていたのかもしれない。それにしても、心臓のトラブルの可能性を早くから一言でも家族に告げていてくれたらと思わずにいられない。家族が知っていれば、事態は最初から全くちがう道をたどったのではないか。「進めあくまで戻り忘れず」であって欲しかった。
「百まで」どころではない。享年六十五歳。無念。

〔クイズ 2〕
雀鮨とはどんな鮨ですか。

アメフット血がたぎる
——雨降って地固まる

「雨降って地固まる」ほど今日の実情にそぐわないことわざはあるまい。今ならさしずめ「雨降って地崩れる」というところだろう。近頃は、特に西日本では降れば土砂降りの感じで、しょっちゅう大雨警報が出て「土砂災害の危険性が高くなっています」という文言が耳朶を打つ。東日本も昨年は十月につづけざまに二度も台風に襲われた。一昨年だったか北海道に史上初めて台風が上陸したこともあった。「五十年に一度の…」と何度も聞いたとおりで、昔はこんなことがそうたびたびはなかったように思う。

小学生のころ室戸台風で校舎の屋根のスレートが厚紙のように宙を舞うのを目撃した。そのときは阪神間の御影（みかげ）付近が六甲山から流れ落ちた土砂岩石で埋まり、阪急電鉄はその上にレールを敷き替えて走る破目になった。長じてからは、東京のカスリーン台風、名古屋の伊勢湾台風によるすさまじい災害も見聞した。しかし、これらはほんの時たまの事件にすぎない。今は年がら年じゅう。きまり文句のようになった地球温暖化の影響だろうか。

もう一つそもそもの話だが、「雨降って地固まる」というのが、昔人間のぼくでも実感としてつかめない。ほんとうに雨が降ったあと地面が固くなるものだろうか。砂はそうかもしれない。それも白砂青松の白い砂ではなく黒みを帯びた砂。この砂を水で濡らし、手で丸めて大きな団子を作り、ひたすら撫でているうちにピカピカの砲丸のようになるのをテレビで見たことがある。海岸で砂遊びをしたときにも、砂に海水をかけると固くしまって山や城を築くのにぐあいがよくなった。しかしそれも、潮が満ち波が打ち寄せると、はかなく崩れ去っていくのだった。

閑話休題。アメフットは、言うまでもなくアメリカンフットボールの略である。はじめてこの競技に接したのは、小学生のときに見た映画の中だった。そのころから、ラグビーは学校で友だちとそのまねごとをやっていて、勇をふるってタックルなどこころみては膝小僧をすりむいたりしていたから、いちおう知ってはいた。しかし、映画に出てくるこのゲームはいったいなんだ？　敵味方がずらりと並んで膝をつき、まん中の選手が股の下からうしろへポイとボールを投げるのにあわせて、両軍が立ち上がりざまどしんとぶつかり合う。ボールは前にパスしてもいいらしい。なにこれ、へんなの、とまるでわけがわからないまま、ぬかるみに倒れこんで満面泥だらけになった選手のアップだけが印象に残った。アメフットとの最初の出会いである。

イギリス生まれのラグビーは前方にパスするのは反則になる。それじゃあおもしろくないから、ボールを前に投げてもいいことにしよう、というので生まれたのがイングリッシュならぬアメリカンフットボールだといわれる。このスポーツ、まことに勇壮苛烈で、あまりに危険だから禁止するか、ルールを変えて制限するかの議論が持ち上がったところ、時の大統領がこれこそアメリカ魂の精髄、絶対にやめさせるわけにはいかないと却下したとか。とにかく、ゲーム中に選手が重大な怪我をしたときに備えて、常時救急車が待機していることからもその烈しさがわかる。あの肉体のぶつかり合い、糸を引くようなパス。「手に汗握る」とはどんなスポーツにもあることだが、「血湧き肉躍る」「血がたぎる」と形容できるのはアメフットがいちばんだろう。

ぼくはアメフットの細かいルールは不案内だが大筋は心得ており、プレーするのはまっぴらごめんだが観戦は結構好きで、正月二日のライスボウル（社会人優勝チーム対大学優勝チームの日本一決定戦）は毎年欠かさず見ている。だいたい社会人のほうが分がいいのだが、一ころ水野監督の率いる京都大学がめっちゃ強くて覇者となった時期があった。当時のクォーターバック東海選手の颯爽たる姿が今でも目に浮かぶ。

ところで、近代化の波に乗って日本にも欧米のスポーツが入ってきたわけだが、各種競技に日本語の訳がつけられた。ベースボールは野球、テニスは庭球、バスケットボールは籠球といったぐあいである。しかし、せっかく訳語を考え出したのに、その使われ方はさまざまである。野球はほとんど完全にベースボールにとって代わったが、庭球、籠球はたまに出てくるだけだろう。バレーボールを排球とはもう誰も言うまい。どういう意味で排球と称するのか知らないが、バレーボールという呼称にも不可解なところがある。もとの英語はvolleyで、ボールを地面にバウンドさせることなく処理する技術を意味し、バレーボールはまさにそれが根本になっている。ところが同じ内容の同じ言葉を、テニスではボレーといい、サッカーでもボレー（シュート）という。なぜバレーボールだけちがうのだろう。排球としたいきさつも不可解だが、バレーボールにしたいきさつもそれに劣らず不可解である。

サッカーは英語でsoccer、実はassociation（アソシエイション） football（フットボール）の変形省略語なのだが、サッカー（soccer）を常用する国はアメリカやカナダぐらいではなかろうか。イギリスをはじめ多くの国ではfootballあるいはその発音やつづりを自国風に若干変えたものを使っているようである（たとえばドイツではFußball（フースバル）、フランスではfootballそのまま）。ラグビーは正式には英語でrugby football

で日本語名はラ式蹴球、サッカーはア式蹴球という。

卓球とピンポンは、使う人は半々ぐらいだろうか。正式には table tennis（テーブル テニス）なのだが、ほとんど誰も見たことも聞いたこともないだろう。

ゴルフはゴルフでいいが、かりに日本語訳を作るとしたら何がいいか。「転球」はどうだろう？

そこで

〔クイズ 3〕
アメリカンフットボールの日本語名をご存じですか。

ロングよりショート
――論より証拠

もうだいぶ前のことになるが、『猿の惑星』というＳＦがあった。映画にもなったから覚えている方もおいでだろう。テーマを紹介すると、五千年先の地球ではサルが全世界を征服して人間が今の動物のように狩りたてられ、殺されたり檻に入れられたりしているという想定のもとに、タイムマシーンのいたずらで、今の人間が未来の地球へ行ったり、未来のサルが今のアメリカへ来たりしてまき起こる事件をえがいたものである。

ＳＦは、細部をおそろしく科学的に精密にもっともらしく仕立てながら、根本にまったく非科学的、非論理的なところがよくあるもので、たとえば、雲つくような大男や怪獣が登場する話など、話としては一見筋が通っていても、そもそもそういう大男が物理的に存在し得るものかどうかはかえりみられない。体重は体積にもとづいているからもちろん長さの三乗に比例する。しかし、体重を支える骨の強さは、いちおう太さできまると考えれば、言うまでもなく長さの二乗に比例する。従って、かりにからだの各部分が十倍になった巨人を考えると、体重は千倍になるのに、骨の強さは百倍にしかならない。それで体を支えるのは無理というものだ。身の丈が常人の十倍ある巨人は、骨の太さが三十倍以上なければ立っていられないはずである。つまり、からだは骨と皮ばかりで内臓の入る余地がない。太古の恐竜ブラキオサウルスは、あまり図体が大きすぎて自分の体重が支えられず、ほとんどからだを水に漬け、頭から上だけ出して生活していたらしい。もちろん水の浮力を利用していたわけで、クジラのような大型動物が陸上にいない理由はそこにある。

『猿の惑星』にもおかしなところがいろいろあって、たとえば五千年後のサルが今のアメリカ語をしゃべるというのもその一つだが、ぼくがこの映画を見て「あれっ」と思ったことは、ひょっとすると普通の人は別に変ともなんとも思わなかったかもしれない。それは、未来の地球から今のニューヨークに迷いこんだ頭のいいサルの科学者夫妻が、すごくファッショナブルな洋服を着ていたことだった。

もちろん、ファッショナブルといっても、そこは人間と顔かたちがちがうから、服装も人間のファッションとは異なり、いろいろとサルなりに似合うようくふうをこらした服である。そりゃあ今でこそ何も身に着けてはいないけれど、サルだって人間なみに進歩すれば洋服ぐらい着るだろうさ、なんにも不思議なことはない、と言って平気でいる人は、そこに大きな問題がひそんでいることに気づいていない。

衣服というものをごく単純に機能の面から考えてみよう。今はエアコンが発達して屋内では季節の変化がなくなってしまったので、ここでは人間を本来の姿に戻して描写するが——夏の暑い間、われわれはほとんど裸同然のかっこうで過ごしている。しかし、秋から冬と次第に寒くなるにつれて、一枚二枚と重ね着し、木綿をウールに変え、最後には、ご婦人はミンクやテンやキツネ、あるいはウサギの毛皮をまとうようになる。なぜかといえば、自分に毛皮がないからである。初めから毛皮を身につけていたら、寒くもないときにその上にまた何かを着るようなおかしなことをするはずがない。デズモンド・モリスは、人間のことをいみじくも「裸のサル」と称した。人間は裸だからこそ服を着る。五千年先のサルがいかに今の人間をしのぐほど進化しているにせよ、相変わらず裸でない限り、言いかえれば毛皮を身につけているかぎり、服を着ることなどあるわけがない。

人間にはなぜ毛がなくなってしまったのだろう。獣はまさに「毛モノ」なのに人間だけは毛ナシである。進化論の教えるところによると、樹上生活をしていたサルが地上で直立して生活をいとなむようになり、そこからヒトが出てきた。ところがサルは毛皮を持っていたのに、ヒトはあっさりそれを捨ててしまった。そもそもサルのみならず哺乳類は、水生哺乳類を別として、すべて毛皮を持っているが、一部ご婦人の毛皮とちがい決してそれはだてについているのではない。哺乳類は高い体温を保つことによって生理的な機能を高めており、そのために厚い断熱性の毛皮は大きな役割を担っている。むき出しの皮膚が直接日光にさらされることは、生命にかかわるとさえ言えるのである。

ところが、ヒトは森の中からわざわざ日のあたるところへ出てきて、おまけに毛皮をぬいでしまった。こんなバカな話があるものだろうか。適応の原理からすれば、それだけの危険をおかすからには、それに見合う利益があったと考えなければならないが、それがなんだか実はよくわからない。

わけはともかく、毛皮をぬいだ人間がさしあたっていちばん困ったのは寒さだっただろう。日中暑いときには木陰で昼寝をするとか、水の中にとびこむとか、今の文明人の消夏法と同じようなことをやっていればなんとかしのげる。しかし、寒いのはどうにもならない。まだ火を使うことは知らない。どうしてもからだを何かで包む必要がある。

もう一つの問題は、むきだしになった皮膚の保護だろう。のんびり森の中で木の実や虫を取っていた頃とはちがって、今や半分肉食獣の仲間入りをした人間は、逃げる獲物を追って山野を駆けずり回らねばならない。ところが、殻をむいたゆで卵さながらつるんとした裸の身ではちょっととげでひっかいても血が出るし、たかがネズミにかまれても肉が切れる。これでは獲物を追うどころか、自分が獲物になるのが落ちだろう。あれやこれやでせっかく毛皮をぬいだものの、殺した動物の毛皮をあらためて身にまとうようになった。これが着物の始まりである。

衣服誕生の発端はこんなふうに「もの」の論理に従ったもの、言いかえれば、個体保存、種属保存という理にかなったものだった。ところが人間がほんとうに人間らしい存在になったとき、衣服を身につけるのは、「もの」の論理だけに従う道具としてではない別の理由がからんでいた。およそ合理性・機能性とは無関係な羞恥心である。

裸が恥ずかしいのは、勝手に社会的な規範としてそうきめたこと、あるいは習慣としてできあがったことで、人間はただそれに縛られているにすぎない、その証拠に小さな子どもはまだそんなものに縛られていないから少しも裸を恥ずかしがらないではないか、と論をなす人がきっといるにちがいない。こちらとしては、そんな規範や習慣があるとしても、あること自体がまさに合理性を欠いているので、別にどうこう言うことはないのだが、それがまちがいであることはいちおう指摘しておこう。

児童心理学では、自らの裸体を隠したいという衝動は、……性の役割が意識的に捕えられるやいなや、正常の発達段階として現われてくるものであることが証明される。……かりに子どもたちを離れ島に置きざりにして、はだかの自然状態のままで、社会のあらゆる抑圧的影響から解放して……あるがままに成長させたとすると、かれらは五歳に達したとき腰に巻くものを工夫することであろう。（イリース『人間の動物学』）

こうしてみると、創世記のアダムとイヴの物語は、ばかばかしいおとぎ話どころか、人間の真実を伝えるものであることがわかってくる。イヴは知恵の木の実を取って食べ、それをアダムにも与えた。「すると、ふたりの目が開け、自分たちの裸であることがわかったので、いちじくの葉をつづり合わせて腰に巻いた。」（創世記３・７）

人間は、この通り知恵がつけば裸を恥じるのである――なんの合理性もなく。そして裸を恥じるところから文化が生まれた。つづり合わせたいちじくの葉は、人類最初の文化と言った人がいる。

さて、一方で保温、衛生など「もの」の役に立つ合理的な道具として、他方で「もの」の役に立たない非合理的な羞恥心のあらわれとして、歴史の第一歩を踏み出した衣服のその後の発展の様相はまさしく瞠目に値する。

人間の祖先はアフリカを出発点として世界中に拡散していったので、各地における衣服の面での対応はそれぞれちがっていただろうが、何も証拠が残っていないのですべて臆測するしかない。集団が大きくなり社会が構成され、上下関係や仕事の分業化も進んだだろう。それに応じて個々の人間の素姓や仕事の別を明らかにするために、衣服にちがいをつけたとも考えられる。そのもっとも簡単な方法は、色や素材、形を多様化することだろう。

やがて美意識が生まれる。ただ美しいものだけではなく、感覚的に好ましいものが求められるようになる。これは人によりさまざまだし、また集団の全体的傾向も集団により異なるだろうし、多様化にさらに拍車がかかっていく。

自分のからだについて美しさを求めるとは、自分自身が美しいと思う以上に、人から見て、特に異性から見て美しいものになりたいということにほかならない。そのためのいちばん手っ取り早い方法は自分のからだ——露出部分に手を加えることである。鼻翼に針を突き通したり、下唇に円盤をはめこみ、それをだんだん大きくして唇を盆のようにひろげたり、首に輪をはめ、その数をふやして長く伸してみたり、今でもアフリカの原住民がやっているようで、なんでそんなことをと文明人は思うが、美的感覚のちがいだからとやかく言えたものではない。これは苦痛を伴うから、もっと楽な方法として皮膚そのものを色で飾る。今でもギアナの原住民は……男はたいていは赤い貝殻の粉で両脚をくるぶしまで塗りこめる。胴体全部には暗青色で、まれには赤色で着物のように塗りたてるか、さもなければどちらかの色で複雑な模様をえがく。鼻筋にそって赤い筋を一本つける。眉毛を引抜いたあとには二本の赤い線を引く。額のてっぺんに赤で大きな塊をかき、顔のあちこちに円や線を描く。（村上信彦『服装の歴史』）

こういったものは一種の化粧にはちがいないが、皮膚の露出部分は全体から見て少ししかなく、いくら飾っても高が知れている。衣服の素材や作る道具、技術の進歩とともに、衣服でおしゃれをすることに目が向くようになった。

古典時代に入ると出土した美術品、その他芸術に服装についてもいろいろ資料が残っている。ギリシアの美術品を見ると、壺絵の題材に競走や円盤投げなど競技がよく使われている。そこに描かれている競技者はたいてい裸である。今ならトラックを裸で駆けだせば、ストリーキング取締りの警官がとんできてつかまえられるところだが、ギリシア人は大らかなもので、競技は必ず裸でやるということになっていたらしい。

それから、神殿のリリーフや壺絵に描かれた戦闘場面の兵士たちの風体が、往々にして不思議でしょうがない。たとえばある鉢に描かれた兵士。馬を二頭従えて左から右に向かって歩いているこの男は、頬あて、鼻あて、てっぺんに飾りのついたギリシア式のかぶとをかぶり、左手には首から膝までおおうほどの丸い大きな楯を持ち、へそまでしかない胴着と、足には脛あてをつけている。ところが左手の楯をからだの左側につけるように持っているので、しりは丸出し、眼光けいけいたる戦士にしてはいともかわいらしい男性器が、踏み出した足のかげからひょっこりのぞいている。楯をかまえて向き合っている分には、その陰に隠れて見えないようなものの、威勢よくチャンチャンバラバラやっているうちには、ちらりと目にとまることもあろう。普通なら必ず吹き出すところである。吹き出したが最後もう斬り合いにはなるまい。

ともあれ、たとえこういう場面はあったにせよ、ギリシア人がいつも裸で平気だったわけではなく、ふだんはやはり着るものを身につけているのが礼儀であり、そうでなければ恥ずかしかったことは、絵画、彫刻、文学など芸術作品に残されている通りである。

たとえば――話を元へ戻すようだが――『オデュッセイア』の一シーン。

ニンフ、カリュプソの島を出てパイエークス人の国に向かうオデュッセウスは、一つ目のわが子ポリュフェモスを殺されたことを恨みに思うポセイドンの妨害で嵐にぶつかり、海にほうり出された。しかし、例によって女神アテーネーのたすけによって、パイエークス人の国に漂着し、雨風の吹きこまぬ木立の中に木の葉をもりあげ、そこにもぐりこんで眠ってしまった。

朝になって女神のような王女ナウシカアが、腰元と一緒にその近くへ遊びに行き、彼女たちの笑いさざめく声にオデュッセウスは目をさます。いったい何ものかと様子を見に行くときにオデュッセウスはどうしたか。「繁みからはい出て、下半身をかくすために、逞しい手で葉のついた枝を繁みから一本折り取った。」そして、ナウシカアに会ってまず頼んだことは何だったか。「ここへおいでの時に、もっておいでの、何か着物の包みでも結構です。身にまとうぼろを恵んでいただきたい。」

さらに、ナウシカアの親切でその場でからだを洗い清めるとき、腰元たちに何と言ったか。「お女中方、わたしが自分で両の肩から塩を洗い落し、体にオリーブ油を塗る間、そちらにはなれていてください。もう長いこと、はだに塗ったことがないのです。見ておいでのところでは、身を清めるのはいやだ。うるわしい髪の乙女たちのいるところで裸になるのははずかしい。」(高津春繁訳)

先ほど、異性に対しても美しく思われたく……おしゃれに目が向くようになった、と書いた。早く言えばこれは性的な衝動である。ふつう動物では、美しく見せるのは雄が雌に対してときまっている。チョウは国蝶のオオムラサキをはじめ、雌雄の翅の紋様が異なる場合、雄のほうがずっと美しい。カブトムシは雄しか角を持っていない。シカもまた然り。ライオンのたてがみはだてについているのではない。雌に対する誘いで、赤みを帯びた色合いのほうが雌に好まれることまでわかっている。多くの生物(魚類、両生類、爬虫類、鳥類など)は繁殖期に雄が婚姻色を呈する。トゲウオが有名で腹が赤くなる。どうやら人間だけは逆で、女性が美しくよそおって男性の気を引く。いや、人間も男性にひげが生えるのは、ライオンのたてがみと同じで、本来は女性の気を引くためなのかもしれない。大多数の男性がせっかくのその道具を剃り落すのはなぜだろう。

　ともあれ人間の女性は、自分を美しく見せようとおしゃれ――化粧ではなく服装のおしゃれにすべてを捧げるのもいとわないような状況となった。限界のある肉体が対象の化粧とは異なり、肉体を離れた人工の服装は千変万化である。

……織物だからどんな加工もできる。上衣を長く、下衣を短くしたり、その逆もできる。マリー・アントアネットのスカートのように、鯨骨の輪を入れて巾三メートルちかくひろげることも、アメリカの猟奇雑誌が絵入りで紹介したように、膝をまげることも歩くこともできないような「よろめくスカート」をつくることもできる。首を切ってお盆にのせたようなラッフル・カラーもあれば、首つりみたいなハイ・カラーもある。十六世紀ドイツの、糸でくくったソーセージそっくりの袖と、おなじころフランスではやった胴ぐるみ入れそうな袖、腿までむきだした十七世紀のパンツと、角兵衛獅子を連想させるユーゴスラビアのだぶだぶズボン、あらゆる対立がそこにある。日本の女の帯がグロテスクな発達をとげたのは世界でも有名だが、お太鼓帯などは正にラクダがコブを背負っているようなものだ。（村上信彦前掲書）

れである。

機能性も合理性もあったものではない。しかし、それこそ文化というもの、人間らしさの表わ

男性は権威や職務をあらわすために服装を利用した。国王は冠によって最高位であることを示す。衣服は？　そう、「はだかの王さま」というのがいた。なぜ裸になってしまったのか。この王さま、誰も着ていないような服をつくれとむりな注文をしたあげく、実際には何も着ていないのに、仕立屋にもまわりの家臣たちにも、いかにもそういう服を着ているような気にさせられ、最後に「王さまははだかだ」という子どもの一声でわれにかえった。ただの話ではあるにせよ、国王はこんなふうに服にも唯一絶対を求めて最高位のしるしとしたいのである。

古代には王のみならず貴族、聖職者も服装に関心を抱き、それぞれ着るものに定めがあった。色にも区別があり、支配者が好んで用いたのは紫である。日本でもそれは同じで、身分によって色をわけるきびしい法律まで出ている。歴史の流れとともに男性の服装も変化するが、いつも変わらないのは、服装は身分のちがいを示す権威の象徴だということだった。

服装というものは、たびたび書いてる通り、非合理的な部分があるので、ある程度ばかばかしいのも当然なのだが、とりわけばかばかしいものを男性の服装から一つ取り上げよう。

平安朝の公卿は裾（きょ）と称するしっぽのような飾りを使っていた。正装したときに上衣の下に着るしたがさねのすそにつけたもので、初めはちょっとした飾りのつもりだったのだろうが、だ

んだん長くなり、最初一尺だったものがついには十五尺にまでなってしまった。位によってちがいがあり、十五尺は最高位の大臣の場合。納言では〇・八尺から十三尺、参議では〇・六尺から八尺まで伸びている。ともあれ、こんなものを引きずって歩けばどうなるかは

裾(きょ)をふんで将棋倒しの相馬公卿
裾をふまれてはつんのめる相馬公卿

と川柳にうたわれている通りである。

踏まれて困るのは武士の長裃(かみしも)も同じで、そもそも裃というものからして、やっこだこを背負ったような不可思議極まる着物だが、それにすそを踏んづけなければ歩けない長いはかまをはくことを公武の礼儀としたわけは、およそわれわれの理解を超える。このおかげで浅野内匠頭は、恨み重なる吉良上野介に殿中松の廊下で斬りつけようとしたときに、足がからんでしくじった。

長いといえば、ウェディングドレスのすそもそうだが、こちらはちゃんとすそを持ってくれる少女がいることだし、万が一にもすそを踏んづけて転ぶことはあるまい。多分、一生に一度の盛事、いくら長くてもめでたく華やかで結構というものだろう。

ここでようやくスカートの長さの問題に入るわけだが、スカートが庶民女性の服装として定着したあと、ずっと戦後にいたるまで、丈は長いまま保たれていた。それが一九五〇年あたり

からだんだん短くなる。

話が戻るが、人間に美意識が生まれて美しさを求め綺麗を競うようになり、衣服もその対象になったことはすでに述べた。しかし、美しいものは衣服だけではない。衣服をはぎ取ったもの、すなわち裸の、特に女性のからだそのものが美しいことに気がついた。以後女性のヌードが美術史を飾ることになる。そして女性は、自分の裸の肉体が男性の欲望を刺激することは百も承知で、それを、先ほど述べた各種動物の雄のように行使したくなるのは当然だろう。ここにおいて、肌をあらわにすべきか、すべきでないか、するとしてもどの程度かは、性衝動と羞恥心に美意識までからんだ綱引きとなってくる。

そしてその結果、イギリスに始まったミニスカートはたちまち全世界にひろまり、日本でも年とともに短くなっていった。膝上三センチ、膝上五センチ、膝上一〇センチ——われわれ教職にあったものは、椅子に座ってこちらを向いている何十名の女子学生を前にして、目のやり場に困るような状況にもなった。イギリスのトウィッギーというその名の通り小枝(トウィッグ)のように細いモデルが来日するに及んで、ミニ志向の熱はいやが上にも高まり、「ツイッギー・コンテスト」まで開かれる始末。これ以上膝上高くあがればいったいどうなることかと思ったら——なんとあっという間に急降下して床上一〇センチになってしまった。

ミニ流行の当時には、ホットパンツと称するミニミニのショートパンツもはやりだし、これまた先行きどうなることかと思う間もなく、床すれすれのパンタロンに落ち着いた。

流行とは目まぐるしいものである。性衝動と羞恥心の引っ張り合いは、決着がつくものではないから、スカートも長くなったり短くなったり、いつまでも上下動をくり返すにちがいない。

しかし、ロングかショートか、男性がどちらを好むか、どちらにわくわく感をおぼえるか、答えはきまっている。「ロングよりショート」。それは「論より証拠」、新聞を見ていればわかる。短くなる兆しがあれば必ずニュースになる。その逆はない。ではずっといつまでも短いのがいいかというと、そうでもない。短いのに慣れれば、やがてなんの刺激もなくなる。長くなったり短くなったりが、楽しくもあり、励みにも——いや、それはどうだか。

このエッセーも「ロングよりショート」のほうがいいかもしれないからこのへんで——

〔クイズ 4〕
スポーツにはサッカーのロングパスとショートパスのように、ロングとショートの二通りの戦術や技術がよくありますが、場合によって使いわけられ、どちらかがすぐれているわけではありません。しかし、いつでもショートよりロングがいいと言われるものがあります。それはなんでしょう。

食は異なもの味のもの

——縁は異なもの味なもの

高名なジャパノロジストで、『雪国』の翻訳により、川端康成のノーベル文学賞受賞の立役者となったエドワード・サイデンステッカー氏に初めて接したのは上智大学英文学科の学生時代のこと。当時たまたまアメリカ文学史の講義を担当されていたのだった。まずは教師、生徒の間柄だが、ある教授の紹介で氏の論文の翻訳を手がけたことがあり、一応の面識はできていた。しかし氏が上智大学ともっと深いつながりがあることまでは知らなかった。

ところが卒業して英文学科のスタッフに加わり、ヨゼフ・ロゲンドルフ教授が主宰されている学術雑誌『ソフィア』で編集のお手伝いをするようになったとき、ロゲンドルフ師とサイデンステッカー氏が大の親友であることがわかった。サイデンさん――と呼ばせていただく――がまだ湯島に定住される前、定期的に来日されるとまっ先にロゲンドルフ先生を訪ねてこられる。『ソフィア』編集室にしょっちゅういりびたっているぼくも自然と顔を合わせるようになった。ふしぎな運命のつながり、偶然の重なり。まさに「縁は異なもの味なもの」と言うべきか。

そんなある日、しばらくぶりにお目にかかったサイデンさんが、いきなり「日本人はいつの間にこんなに食いしん坊になったんですか」と、憤懣やる方ないといった面持ちでおっしゃる。こちらは自分自身食いしん坊なので返事に困って言い淀んでいたが、さらに聞くうちに、どうやらサイデンさんの考えは、テレビに食に関するテーマや出演者が何か食べている場面がずいぶん多くなったということのようだった。

つまるところ、サイデンさんはどちらかというときびしい、古風な倫理観の持主で、性に関わることはそう大っぴらにすべきでないのと同様に、食もそうだということらしい。食は本質的に卑しいもの。考えてみれば日本もかつてはそうだったようで、子どもの頃、食いしん坊のことを大阪弁で「イヤシンボ」と呼んでいた。卑しさとどこか結びついている。性は繁殖、つまり種属保存、食は生存、つまり個体保存のための根元的な欲望で、動物的といえば動物的、高尚さに欠けるということだろうか。

マナーの問題もからんでいると思う。マナーとは、要するにひとに不快感を与えないことだろう。飲み食いにも作法がある。人前でムシャムシャパクパクやっている姿を見せるのは、相手もいやな感じがするだろうし、第一、自分が恥ずかしい。かっこ悪い。それをテレビカメラでとらえられても平気どころか、テレビに出たことを喜ぶ人もどうかと思うが、放送するほうもどうかと思う。サイデンさんが、日本人はどうなったんだと嘆くのも無理はなかろう。早食い競争とか大食いコンテストとか、なにか薄汚なく、あさましく、みっともない催しで、それを大々的にテレビで大っぴらにする必要があるのだろうか――一部の人はおもしろがるのかもしれないが。とにかく羞恥心が薄れたことはまちがいない。近距離の通勤電車の中でパンなどかじるのは、ぼくは恥ずかしくてとてもできないが、若い人は平気らしい。女性の化粧も同じである。

こういったマイナス面は別として、テレビで、食材、調理、盛付、賞味を含めた紹介番組がたびたび放映されるのは、決して悪いことではない。ぼくはまんざら料理がきらいでもないのでよく見ている。興味深くもあるし、ずいぶんためにもなる。最近食という文化に対する関心が大いに高まってきたが、それにはテレビも一役買っているにちがいない。食という文化――そう、食は衣服と並んで人類最初の文化である。先ほど食は動物的欲望と書いた。最初はたしかにそうだったが、それがきわめて人間的ないとなみに変わっていく。その経緯をたしかめてみるのもよくはないか。

太古、樹上から降り立って地上で生活を始めた人類の祖先は、生きるためにまずは食べなければならなかった。何を食べていたか。同じ霊長類のヒトニザル（類人猿）のように雑食性で、手あたり次第に木の実、虫、魚、鳥、小動物を取って食べていたことは容易に想像できる。しかし、手あたり次第と言ったところで、そこらじゅう食べ物に囲まれていたわけではなし、逃げ足の速い動物がそう簡単につかまるわけもなし、どうにか飢えをしのぐ程度の暮らしだったにちがいない。

ところが、ヒトはヒトニザルよりは頭がよかったので　やがて道具を使い、また作ることを覚えた。もともとヒトにはほかの動物のように鋭い爪も歯もないから、たとえばサザエを見つけても、ネコザメのように殻ごとばりばりかみ砕くような芸当はできない。ぴったり蓋が閉まったら、あ、しまったと言ってももう遅い。しかし、道具さえあればしめたもの、蓋を閉めないうちに文字通り隙をねらって手元の石器を押しこめば、まさしくあいた口がふさがらないのだった。そのほか骨で釣針を作って魚を釣り、矢じりを作って鳥を射、投槍を作って獣を倒し、食物の種類と量は飛躍的に増加した。これがヒトの生活史、食物史の第一の革命である。

次にヒトは火を使うことを覚えた。と簡単に言うけれども、考えてみるとこれは実に不思議に満ちている。火を経験したのはおそらく雷による森林の火事だろう。それ以外にあり得ない。

動物は火をおそれる。ヒトもその例に洩れないはずなのに、なぜ近づこうとしたのか。ひょっとすると、動物がおそれることにつけこんで、火を手元におけば、自分の身を守れることに気づいたのかもしれない。そして、火によって寒期に暖がとれることもわかった。摩擦によって火をつくることは、観察や経験で知ったのだろう。やがて水を湯にすること、その有用性も知識の中に加えられる。そして、なんと驚いたことに火を使って食物を調理することを思いついた。

火を見つけた。それを自分のものにした。この二つの間のギャップを乗り越えたのは上述のとおりとしよう。しかし、さらに、たとえばそれで魚を焼くという行為との間には、とほうもない溝が横たわっているのではないか。それに気づかないのは、火があれば魚を焼くというのが、今の人間の生活ではあまりにもあたりまえになっているからだと思う。

原始人は別に食べることについて火がなくて困っていたわけではない。ほかの動物たちと同じで、食べるものは生(なま)ときまっている。今でもイヌイットはカリブー（トナカイ）の肉を生で食べている。十年一日どころか何千年一日のごとくそうしているのだから、今さら火を通して食べようなどとは思いもしない。原始人もいつまでも生のまま食べ続けて一向さしつかえなかったはずなのに、どういう風の吹きまわしか、魚あるいは肉を焼くことを思いついた。

偶然がなかったとはいえない。ジャングルの焼跡にたまたま動物の死体がころがっていて、思い切ってそれを食べてみたら意外や意外、生肉とはちがう味のよさがあるのにびっくりしたとかなんとか。しかしこれは、このあと続々と展開される創造的想像力（クリエイティヴ・イマジネーション）の最初の発現ではなかったか。ここにおいて人類食生活史の第二の革命がおこなわれた。それによって、食べ方に変化ができたのみならず、食物の種類も飛躍的にふえたにちがいない。今までは硬くて食べられなかったものが、熱を通せば柔らかくなることにも気づいただろうから。

さて、こうして食事のレパートリーがふえてくると、食べるのは必ずしも生きるためだけではなくなってくる。つまり、今まではからだのニーズに従っていたのに、新たに心のニーズが生じてきたということである。そして、からだのニーズは外見こそわけがわからないような場合でも、実はちゃんと筋が通っている（たとえば飼犬がやたら草を食べるのでどうしたのかと思ったら、腸に寄生虫がいたせいだったとか）。それにひきかえ、心のニーズ、言いかえると味の追求のほうは、わけがわかったようでわからない。

火を使い始めた原始人に話を戻して、その食事の状況を思い浮かべてみよう。サザエをとった彼は、今は壺焼きもできる。さて、刺身か壺焼きか、ここのところしばらく刺身が続いたから、今日は壺焼きにするか、それとも今日もまた刺身にしておいて、壺焼きは明日の楽しみにとっておくか、いやどちらかなんてけちなことは言わないで、両方食べようか、などなど考えたあげくに食べ方をきめる。

それにはいろいろ理由はあるかもしれないが、どうでもいいような理由であって、必然性、というか合目的性、この場合でいえば個体保存上の合理性などありはしない。しかも、かりに壺焼きにするとなれば、刺身よりはいろいろと手間がかかる。効率が悪い。改めて火をおこさなければならないならなおさらである。しかし、そんな面倒もいとわずに、壺焼きにしたければするだろう。たかがサザエ一個を壺焼きにするために、火打石を使うか、固い棒切れを使うか、汗水垂らして火をおこす。まったくご苦労な話、ばかばかしい限り――なのだが、実は、文化というものはこうして作られる、ばかばかしさの上に立っているのである。

このご苦労なばかばかしい話は、歴史の経過とともに、ますますはなはだしさを加える。たとえば、胡椒など香辛料を手に入れるためにヨーロッパ人が払ったあの莫大な富と努力はどうだろう。ヨーロッパには胡椒がない。人びとがその獲得に狂奔し、二千年前から交易が行なわれていたことをローマの紀元一世紀の作家プリニウスが書き記している。

胡椒の使用がかくも人びとの嗜好に投じているのは驚くに値する。ほかの品物なら、旨さが魅力だとか、形が気に入るとか、いろいろあるのだが、胡椒ときたら、実にも種にもいいところは何もない。ただ辛いことだけが魅力なのである。しかもそれをとりになんとインドまで出かける。いったい食物にそれを初めて使ってみようとしたのは誰なのか……

（『博物誌』一二巻一四）

胡椒は生肉の長期保存に役立つということもあったらしい。十五世紀は大航海時代で、コロンブス、マゼランなどが新大陸、新航路を発見するが、彼ら自身にとっても、スポンサーの王侯たちにとっても、お目あては新大陸よりはむしろ香辛料にあった。もちろん、はるばる東洋まで出かけるのは命を的の危険な仕事である。しかし持ち帰った交易品は莫大な利益をあげた。貿易商が大勢いたのはヴェニスで、シェイクスピアの『ヴェニスの商人』にも、香辛料を積んで帰る船が難破するのしないのという挿話が出てくる。

香辛料はむしろ添え物だが、食物そのものに対するエネルギーのすごさは、たとえば世界三大珍味の一つ、フランスの「フォア・グラのトリュフ添え」を見てもわかる。トリュフは黒いげんこつみたいなきのこで、黒いダイヤといわれるほど珍重されるが、地中に生えているので人間には見つからない。そこで採集にはブタを使う。ブタはトリュフが大好きで、生えている場所をたちまちかぎあてる。「ここ掘れブーブー」とも言わずに食べようとするところを人間が押しのけて横取りするという寸法である。

フォア・グラは、ガチョウを運動させないようとじこめ、機械仕掛けでむりやり胃の中に餌をつめこんで、肝臓肥大をおこさせ、その肝臓を取り出しペーストにしたものである。動物愛護協会が問題にするのも当然な仕打ちではないか。

トリュフはその付け合わせにするのだが、フォア・グラの製法といい、トリュフの採集法といい、人間は途方もないことを考え出すもので、料理の神さまとも目されるブリア＝サヴァランが、「人は生きるために食うのではない。食うために生きるのだ」と書いたのも、まことにむべなるかなと言うべきだろう。

フランスから日本へ、そしてもっと庶民的なものに話を移そう。

昔、大学に奉職していた頃、毎週水曜日の昼休みに同僚が一緒に食事をし、その間に世間話、仕事の話、事務的な報告、相談をする習慣ができあがっていた。自宅から弁当持参の人もいれば、めいめい勝手に好きなものを業者に注文する人もいたのだが、そのうち面倒を省いて、全員同じものの出前に統制された。この全体主義体制に対して少しも反対の声があがらなかったのは、弁当の内容がいなりずしにのり巻だったせいだと思われる。

まずのり巻について言うならば、弁当にのり巻を食べるということが、個人の反対の余地がないほど普遍的で、一般に好まれていることを、この無血革命は示している。その証拠に、子どもの遠足の弁当には、昔から圧倒的にのり巻が多い。子どものときからのり巻、のり巻で育っていれば、おとなになってのり巻を押しつけられても反対が出ないのは当然と言うべきだろう。

それにこののり巻という食べ物――いったい誰が考え出したのか、チェスタトン流の言い方をするならば、軍人や君主の仰山な銅像を押しつけがましく広場に建てるよりは、むしろ、のり巻のような、日常のはかり知れない恩恵をもたらすものを考えてくれた人の銅像を、名前がわからないから顔にヴェールをかけてでも結構、街角につつましく建てておいて、側を通るたびに限りない感謝と愛情を捧げるほうがよほど気がきいているのではなかろうか。電気のエジソンとか、蒸気機関車のスティーヴンソンとか、派手な発明をやってのけた人もありがたいにはちがいないが、ちょっとした生活の便利さやうるおいを与えるのに貢献した無名の恩人は無数にいるはずで、われわれの日常の生活はそういう貴重な発明に取り囲まれていると言ってもいい。この場で身の回りを調べてみても、ボタンとか、くしとか、はさみとか、いくらでも数えあげることができる。のり巻もその一つである。

「はかり知れない恩恵」と言って、のり巻のどこがありがたいのか。のりで飯を巻くというアイディアのすばらしさは、目で見、手でつまみ、口で味わう、そのすべての過程で歴然としている。竹の簀（す）だれ（これも貴重な発明の一つ）にのりをひろげ、手頃な量の酢飯をその上に延ばし、好みのタネをのせてから、簀だれを巻いてぎゅっとしめつける板前の手さばきの鮮やかさは、これぞ芸と言うべきかと思わずため息が出るほどだが、こうしてできあがった巻ずしを小口からすっすっと切って立てたその切り口の、色彩的、造形的な美しさはどうだろう。中心にはマグロの赤、キュウリの緑、あるいは干ぴょうの茶。それとみごとな同じ円を形作ってまっ白な飯。そして、まるで隈でもほどこしたようなのりの黒い線が円く空間を区切っている。太巻ならば、ミツバの緑、そぼろの薄紅、玉子の黄色に彩られた中心に向けて、渦なす黒い曲線が外から流れこむ。巧まずして作られた円と渦巻――因みにこれはアルキメデスの螺線と呼ばれるもので、渦がどこでも等間隔をなす。このように形をととのえ、色どりをひきしめているのは、ほかならぬ一枚ののりである。

そして、のり巻が遠足の弁当に都合がいいのは、一つには箸を使わなくてもすむ点にある。パンとちがって米の飯で困るのは、手でつかんで食べるわけにはいかないところで、食べやすいようににぎり飯にしても飯粒がべたべた手につく不快さは避けられない。ところが、のりで巻くという単純きわまるくふうがみごとにその難点を克服してしまった。

先ほど、「一枚ののり」と言った。どんないきさつでのりがそう言えるようなものになったのか。気にする人はほとんどいないかもしれないが、考えてみればこれまた不思議な文化的流れであることに驚かざるを得ないのである。

最初日本人は岩についたのりをそのまま摘んで食べていた（今でもイワノリがそうである）。ところが、江戸時代に入って、城中に納める魚を生簀（いけす）にかこっておいたら、生簀の竹にのりがたくさん付くことにりこうな漁師が気づいた。

元来のりはやたらにどこでも生えてくるものではなくて、生育に適した場所は限られている。その場所を人間の手で作ることができたら、収穫はふえるし、さがす手間もはぶけるし、一石二鳥だ、というわけで　竹やしゅろ縄を使った「のりひび」を浅い海中に立て、そこでのりを育てる養殖が行なわれるようになった。これは今で言う労働生産性の向上で、文明の発達過程として十分に納得できる。筋が通っている。こうして収穫量のふえたのりを乾燥させて食べること、それも干物や塩漬けを作るのと同じで、結局は効率の増大につながる。つまり、たくさん作ったものを長く保存すれば、それだけ無駄がなくなるはずである。このへんまではよくわけがわかる。すべて理にかなっている。しかし、ここからあとだんだんわけがわからなくなってくる。

のりを乾燥させるのに、なぜ紙のように薄くのばさねばならなかったのか。のり以外の海草で食用にしているものを考えてみると、生のまま食べるのもあるし、乾物もあるが、コンブもワカメもヒジキも、乾物はすべて何の細工もしないでそのまま干してある。それで別に支障はないから、のりもそのまま干しっ放しにしても一向構わなかったはずである。なぜ薄い紙のように？　それには一応次のような説明がなされている。

現在かなり内陸にひっこんだ浅草も、かつては海岸で、環境がのりの成育に適していたため、良質のものがたくさんとれ、養殖も最初はそこで始められた。こののりが分類学上アサクサノりと呼ばれるのもそのためである（イワノリは別種）。たまたま浅草は浅草紙の産地で、紙の乾燥はお手のもの、経験もあれば道具もそろっている。そこでのりを干す段になって、紙と同じにしたらどうだろう、面白い、一つやってみるか、ということで、今見るような薄っぺらな紙状のものができあがった。

これはあくまで状況の説明で根本的な理由の説明ではない。たまたまそこに浅草紙ではなくこんにゃく玉があったとしたら、のりも団子状に固めて干されたかもしれない。要するに、干しのりは、そのような形状になったことについて物理的、化学的、機械的、生物的な理由づけを一切受けつけないのである。理由も何もない。理屈は抜きにただそうすれば面白かろうと思ったからそうした。まさにこれ先ほど触れた創造的想像力の所産。浅草紙に似せてのりを作った人は文化的創造をなしとげたのである。

ところで、この人はこののりで飯を巻いてのり巻を作ることまでは多分想定していなかっただろう。のり巻を作った人は、また別の創造をなしとげたということになる。そして日本人としてのり巻を食べたことのない人はいないだろう、と想像されるまでになった。のり巻ばかりではない。のりはごく普通に日本人の食卓にのる。日本式の宿屋では朝食にのりが五、六枚入った袋がつけられないことはまずない。大げさに言えば、日本人はのりという共通項で結ばれている。日本人ひとりひとりがのりにまつわる生きた体験を持ち、生き生きした情感を抱いている。のりは日本の食文化の大きな一面と言えるだろう。

次はいなりずし。これも日本の食文化の一翼を担うものだが、まずその根本をなす豆腐について考えなければならない。

原始人が摂食していた木の実、草の実の中には大豆も入っていたにちがいない。熟すと固くなるから、初めのうちは若いのを食べていただろう。やがて火を使い湯を沸かすことを覚え、茹でれば固い豆も柔らかくなり、若い豆も味わいが変わることに気づいた。たまたま果汁が自然醱酵してアルコール化したものを、これはうまいと枝豆をつまみにちびちびやったかどうか。大豆をすり潰して豆乳も作った。豆乳ににがりがまざると固まった。にがりは海水が干上って塩ができる（今の死海のように）その過程で生成されたのだろう。文献によると初めて豆腐を作ったのは二千年前の漢の人、何某と名前まで出ているのは驚きだが、何もないところへいきなり得体の知れないにがりを混ぜてみようなどと思いつくことはまさかあるまい。何か偶然のきっかけがあったのだろうが、このあたりのことはだいたい初めはたまたまでしかありようがないと思う。ともあれ、こうして豆腐ができたあとの展開、調理の発展は目をみはるばかりである。

今から二百年ほど前には、豆腐の料理法百種を集めた『豆腐百珍』なる古典的な料理書まで書かれている。生の豆からすると、豆腐はずいぶん手のこんだ食品であるのに、それに輪をかけ料理の仕方で百にも及ぶ変化をつけるとは、人間の創造的想像力の豊かさというか味追求の情熱におそれいるばかりである。たとえば『豆腐百珍』の第七十七を見ると、

　真のけんちん　一丁を十二ほどに切り、油にてさっと揚げ、一つを二片に割りて細く切り、栗、皮牛蒡(ごぼう)を針に切り、木耳(きくらげ)、麩(ふ)を細く切り、芹をみじんに刻み、もし芹なき時は青葉を用ゆ。銀杏二つ割りにし七品合わせて凡そ一升ばかりのかさに、油一合あまりの分量にて、油よく煮立たせ、先ず銀杏、牛蒡、芹を入れ炒りつけ次に木耳、麩、豆腐、栗を入れ、また打ち返し打ち返しして醤油にて味つけさまし置く。湯葉を水に浸し板にひろげて七品の料(ぐ)を厚さ四、五分まんべんにしき並べ、よく巻きつけ、干瓢にてくくり、また巻とめ口に葛粉水にて硬くこねたるをぬりつくるもよし。油にてよく揚げて七、八分ずつに切る。もっとも豆腐は油にて三度揚ぐるなり。けんちん酢にて用ゆ。

これをご苦労さんと言わずして何と言うか。しかし、ご苦労さんもなんのその、味の旨さを追って進むのみ。この調子で百種並んでいるわけだが、それだけではまだ終わらなかった。このあとさらに『豆腐百珍続編』『豆腐百珍付録』まで出版されている。

　豆腐を豆腐として食べるだけではない。そのまた先がある。さまざまな加工品が作られる。生揚、油揚、がんもどき、焼豆腐、凍み豆腐。そして、油揚の一辺を切り開き、破れないよう

にはがして袋状にしたものを甘からく煮て中にすし飯を詰めるという奇想天外な手を加えたものができあがった。これすなわちいなりずしである。

みなこれをあたりまえのような顔をして食べている。そこらじゅうで売っているし、財布に相談するまでもなく手に入る。たしかにあたりまえである。しかし、こんなものを考え出した先人のとほうもない創意と苦労（言うまでもなく楽しみながらの苦労）を思えば、やはり、人間は食うために生きているというのがかなりあたっているような気がしてくる。野原に生えている豆をそのままポリポリかじって会食でもしていれば、生きるために食っていると思いもしようが……

今日の全世界的な日本食ブームはどうだろう。しばらく前までは、アメリカやヨーロッパのどこそこにすしやが店を開いた、というようなことが話題になる程度だった。来日する外国人も、すしとか天ぷらとか日本の代表とされる料理をそれなりの料理屋で興味深げに口にするだけだった。今は、大挙して押し寄せる外国人観光客の目は、むしろごくふつうの日本食、たとえばラーメンなどに向けられている。スマートフォン、そしてSNSやインスタグラムの普及であっという間に情報が共有され、日本食のすばらしさに世界じゅうが動転した感じがする。四つの味覚にもう一つ旨味が加えられた。日本伝統のだしの味である。もちろんフランス料理、イタリア料理などそれぞれの国にそれぞれの味があるにちがいなく、日本料理の味は今まで知られなかっただけのことだろう。とはいっても、日本人として日本の食の味、総じて食文化は大いに誇るに足るのではないか。

今ならサイデンステッカーさんに「日本人は昔から食いしん坊だったんですよ」と、大威張りで答えられる。食いしん坊万歳！

〔クイズ 5〕

① 世界の三大珍味と言われるものはなんですか。

② 日本の三大珍味は？

杏より梅は安し
——案ずるより産むは易し

卑見によれば——文字通り卑見で、真実かどうか保証の限りではない——「あんず」は「うめ」や「さくら」とちがい外来語で、その点「キャベツ」と同類である（言うまでもなく「キャベツ」は英語のcabbage（キャベッジ）がなまったもの）。中国に杏（あん）という果樹があった。杏子（あんず）はその実である。それが日本に渡来したとき、もともと日本にはない樹だから、新しく日本語の名前をつけなければならない。そこでその実の中国名をとって「あんず」と呼ぶことにした。因みに「杏（あん）」は唐音で、漢音では「杏（きょう）」と読む。杏仁（きょうにん）（「あんにん」と読む人もいる）はあんずの実の種を干したもので咳止めの薬になり、杏林（きょうりん）は医師の別称で、あんずの木にまつわる故事に由来する。大学の名前にも使われていることは周知の通り。巴旦杏（はたんきょう）という果樹もある。昔、拙宅にも植えられていたが、これはあんずとはまったく関係がなく、和名ではトガリスモモというらしい。その名のとおりスモモ、つまりプラムの一種で、なるほどそれを思わせる形の、甘さは僅かで酸っぱい赤い実が生っていた。

前説（まえせつ）はこれくらいにして……

あんずはふしぎな果物である。生で食べるとこんなまずい果物があるかと思われるほどまずいのに、ジャムにするとこんなうまいジャムがあるかと思われるほどうまい。雑味が抜けてあんず本来の旨味が凝縮されるのだろうか。ジャムには一定の酸味が必要で、たとえばラフランスなど生は絶妙の味なのに、ジャムにすると一本芯が欠けているような感じでいただけない。桃も同断で、酸味の補いにレモン汁を加えたりもするわけである。あんずはその点まさにぴったりと言ってよく、程よい酸っぱさが旨味を最高に押し上げている。

昔はジャムといえばいちごときまったようなものだった。この需要供給のかねあいもあったのだろう。ほかにときどきりんごも顔を出していた。今もいちごが主流にちがいはないが、そこにブルーベリーが割りこんできたようである。ブルーベリーは目にいいという説のおかげかどうか。ジャムの専門店に行けばそれこそ何十種類ものジャムが棚に並んでいる。人それぞれの好みはあろうが、ぼくのえらぶのはあんずのほかにクレメンタイン（オレンジの一種）、レーヌ・クロード（小諸の近辺で栽培されているプラムの一種）、ノース・スター（長野県産の加工専用の桜桃）といったところだろうか。（あとの三つはご存じないかもしれないが、一度食べたら病みつきになること請け合いである。）

干あんずもいい。ドライフルーツも数あって、いちばんポピュラーなのはレーズン（干ブドウ）とプルーン（干プラム）だろうが、そのまま食べてのうまさであんずに如くものはない。もちろん、ほかのドライフルーツと同じく製菓材料にもなる。ぼくは幼いころからあんずが大好きだった。いろいろなチョコレートの入った箱があると、まっ先にあんず味のものに手が行った。あんずは昔から長野県が主産地と言ってよい。西宮からスキーに行くと、赤倉にせよ志賀高原にせよ必ず長野を経由する。帰りには長野で夜行列車に乗る前に、駅前で一服するついでにあんずを使った菓子を土産に買うのが大きな楽しみだった。そんなぼくのためだけでもなかろうが、正月には干あんずを甘く柔らかく煮たものがおせちの一品になっていた。

干あんずは、アメリカのカリフォルニア産のものが味といい色といい柔らかさといいダントツにすぐれている。ただ乾燥させただけで余計な味を一切つけていない。かなり酸味が強いが風味がすばらしい。トルコも多産地で日本にも出回っているが、ちょっと甘く味をつけてあるのが気に入らない。いつかアメリカの東海岸に住む知人が干あんずを送ってくれたが、なんとトルコ産のあんずで、驚くと同時に、好きとはいえ多少がっかりもした。トルコのほうが西海岸より近いわけでもなかろうに、需給の関係がよくわからない。国産品は残念ながら色が黒ずんでいて固く、ちょっと敬遠したくなる。

ジャムというものは、一般的に、自家製のほうが市販の——スーパーで売られている程度の——品より格段においしい。なぜかというと——これまたしろうとの勘ぐりかもしれないが——要するに市販の製品は水増しされているのである。水増しといっても別に水を足して増やしているわけではない。ジャム作りはまことに簡単な工程で、生の果物に砂糖を加えて煮るだけ。果物にはペクチンというゼラチン質が含まれていて、実が柔らかく煮えて出てきた水分にそれが溶け出し、とろみがついて適当な固さになる。ところがそこまで煮詰めるとかなり目減りがする。そのため製造業者は合成のペクチンを加えて、早い段階で固めてしまう。結果として、味の点でマイナスになることは避けられないだろう。(買ってきたジャムの蓋をあけると、まるでゼリーのようになっていることがあるのは、ペクチンを余分に加えたためだと思う。)

というわけで、ぼくは若いときは毎年のようにあんずジャムを作っていた。初めのうちは原料の実は八百屋で買ってきた。あんずは店頭に並ぶ期間が短いから、うっかり見のがさないように気をつけないといけない。工程はまことに簡単と書いたが、いろいろと注意が必要ではある。たとえば、料理の本を見ると「実を縦に二つに割って種をとる」と書いてあるが、やみくもに割ってはだめ。種をとるのに思わぬ苦労を強いられることになる。あんずも桃も同じように実の表面を溝が一本取り巻いている。それに沿って刃を入れれば、扁平な種が果肉に平らにはまった形に割れるから、簡単に取り除くことができる。（料理の解説はそこまで書いてくれないと初めての人は困るのではないか。）

あと、あんずと砂糖をまぜて煮る手順はいろいろ流儀がある——まずあんずをさっと湯がいておくとか、砂糖に僅かな水を加えて溶かしておくとか、いきなりあんずと砂糖をまぜて軽くマッシャーでつぶしておくという手もあるらしい。砂糖の量は、あんずの酸味がかなり強いから同量もしくはそれ以上がよさそうである。

最後の段階でどこまで煮詰めるかが問題になる。あまり水分が多いとパンに塗るのに困るし、煮詰めすぎると飴になってしまう。しかも、温度が高いとさらさらに見えても、冷えれば固まる性質があるから、先を見はからって火を止めなければならない。その頃合いは経験で知るほかないだろう。

こんなふうに書くとずいぶんむずかしそうだが、いや「案ずるより産むは易し」。思い切ってやってみればいい。男子厨房に入ってジャムぐらい作るのもよかろうし、ほんの一時間ほどで鍋にいっぱい家族全員の好物ができあがるのを見れば喜びも一しおというものだ。

話がどんどんとんでもないほうに進んでしまったが、またもとへもどって……こんなふうに初めのうちは八百屋で買ってきたあんずでジャムを作っていたのだが、そのうちあんずそのものから自分で作りたくなってきた。そこで家の建て替えを機にあんずの若木を植えた。木はすくすくと成長して数年後とうとう実が生るまでになった。数にして二十粒ほど、ジャムにするには十分の量である。そしてこしらえたジャムのうまかったこと。まさに悲願達成、大願成就の気分である。

ところがそのあとがいけない。これで毎年、という期待も空しく、さっぱり実が生らなくなってしまった。時に二つ三つ生っても、それっぽっちではジャムにしようがない。またせっかく生ったのが夜のうちに地面に落ちて、早々と虫が食っていることもある。二株以上ないとうまく受粉しないという話も聞いたが、隣の娘の家にも一本あるから、受粉の機会は十分あると思う。いったいどういう加減だろう。自然の果樹に不妊症はあるまいし……。また八百屋の厄介になるのも癪だし、年とともに仕事不精にもなるし、結局あんずジャムもほかのジャムともども しかるべき店で買うことになってしまった。

梅をこよなく愛する人もいる。梅もあんずと同じく生食には適さない。加工してはじめて口腹を楽しませてくれるが、そのまっ先にあげられるのは梅干だろう。梅と言って梅干をさすことさえある。梅干の米食に於けるは、あんずジャムのパン食に於けるが如し。

妻は梅干が大好きである。白粥に「何がなくとも梅干」というくらい好きである。ぼくもまんざらきらいではないが、取り立てて食べたいというほどではない。白粥に梅干がなくともなんとかはなる。小学校時代（日支事変のまっ最中）、外地で戦っている兵隊さんたちの艱難辛苦を銃後でもわかとうといろいろこころみがなされたが、その一環として「日の丸弁当の日」というのが月に一回設けられた。昔はもちろん学校給食などなく、生徒は全員弁当持参だが、その日はおかずは一切厳禁で、白いご飯を詰めた弁当箱のまん中に梅干を一個載せただけ。まさに日の丸の旗を思わせるものだった。それでも艱難辛苦の感じなどまるでなく、むしろたまにそんな弁当を食べるのがおもしろく、まわりの友だちと梅干の大きさを競い合ったり、種のぶつけっこをしたり、梅干の種が遊びの種になったのみならず、梅干一個を結構おいしく食べたような覚えがある。

今は「日の丸御膳」なんていう給食はあり得ないし、かりに何かのはずみでそんなこころみが持ちあがろうものなら、栄養がどうのこうのと保護者の間で騒ぎになること疑いない。いや、それればかりではない、日の丸さえ敬遠されるようで、世の中まったく変わったものである。しかし、弁当（特に市販の弁当）に梅干がつきものであることには変わりがない。腐敗を防ぐという効能はあるだろうが、それだけではない。何か、この一粒できまりがつくという感じがする。ほかにおかずが多士済々で、幸い（？）日の丸にはならないし……

梅干は酸っぱい。見るだけでも唾が出てくるほど酸っぱい。酸っぱいのが梅干のレゾンデートルである。酸っぱくない梅干なんてあり得ない。

ところが最近酸っぱくない梅干が開発されたらしい。酸っぱいのが嫌われて需要が減ってきたための「苦肉の」——というか「甘肉の策」なのだろう。食べて驚くこの味、といったふうな宣伝もされている。食べたことはないが、そりゃ食べたら驚くだろう——すばらしいその味に、ではなく、とんでもないその味に。食べたことがないのはおよそ食べる気がしないからで、酸っぱくないなら梅干の看板はおろすべきではないか。

はじめから甘くこしらえているものはいい。「のし梅」という水戸の名物がある。短冊型の竹の皮にはさんだ薄いゼリー様(よう)の菓子で、梅の風味が生かされているだけではなく、見た目にもまことに日本風な雅趣に富んでいて、ぼくの好物の一つに数えられる。はさみで四等分すれば、食べやすいし客に出しても恥ずかしくない。今、アメリカに住んでいる妹の娘が、まだ幼く日本にいたときからやはりのし梅が大好きだった。もう生活から国籍までもアメリカ人になってしまったこの姪は、いまだにその味が忘れられないらしいので、毎年欠かさず送ってやっている。日本をなつかしむこよなきよすがとなっているに相違ない。

ところで、梅干も自家製のほうがおいしい（らしい）し、少なくとも安心安全にはちがいない。以前は拙宅にも梅の木が数本あって大量に実が生った。隣近所、親類縁者にわけても余り、梅干が好きとあっては自分で作らずにはいられない。一口に作るといっても、これがなかなか大ごとである。実は今は一本しかなくて、それもどういう風の吹き回しか、十年前にどーんと実が生ったのを最後に、あんずと同じくろくに結実しなくなってしまった。おかげで、というのもへんながら、大ごととはおさらばとなった。

さてその大ごとの大ごとたるゆえんは、ご存じの向きも多かろうが、ざっと次の通りである。まずはよく洗った梅の実を一晩水に漬けたあと、一粒ずつ塩をまぶしながらかめにぎっしり詰め、押し蓋をしておもしを載せておく。これが下漬け。何日かで水（梅酢）があがってくる。そのうち八百屋に赤じそが出てくるから、それを揉んで赤い汁をとり、梅酢と合わせて赤梅酢をつくる。それをかめに入っている梅の中にうつし、しその葉を上におき、また押し蓋をしておもしを載せる。これが本漬け。そして土用になったら晴れた日をえらんで、ざるか簀だれに一粒ずつていねいに並べて干す。赤梅酢に漬けては干しを三日二晩くり返す。以上でできあがり。

いや、もう、一つ一つの工程が面倒なだけではない。かめと言ったってふつうの家にはないし、おもしと言ったって、どこにどんなおもしがあるのか、あれやこれや次々に問題が出てきてとても一筋縄ではいかない。おまけにできあがるまで結構日数はかかるし、お天気勝負で空模様まで気になる。もちろん勤め人にはこれを通してやるのはとうていむりな話。せいぜい空いた時間に奥さんの手つだいで洗ったり並べたりするぐらいのことしかできないだろう。

そこへいくと、あんずジャム作りの簡単さはどうだろう。勤め人でも休みの日に一時間かけるだけで鍋にいっぱいできてしまう。途中の工程も複雑なことは一切なし。まさにあんずジャムは「案ずるより産むは易し」である。

と言うと、梅干党から声があった。「杏より梅は安し。」そうか、たしかに八百屋（スーパー）で買えばそうではある。

〔クイズ 6〕
あんずもうめもバラ科の植物です。次の果物の中でバラ科でないものをあげて下さい。
①もも、②なし、③りんご、④プラム、⑤マルメロ、⑥グミ、⑦かき。

まけろよ、けち！
——負けるが勝ち

子どものころグリコのおまけが楽しみだった。何が出てくるかのわくわく感。どうせちゃちなおもちゃなのだが、何か余分にもらえるというのが、得をしたようで嬉しいのである。ネスレのチョコレートは、たしか絵入りのカードのようなものが入っていて、アルバムの所定の場所に貼っていく。全部埋まると抽せんで景品がもらえる仕組みである。兄とふたりで集めて遂に完成し、なんと腕時計が当たったことがあった。それまでにどれくらいチョコレートを食べたことか。ところがどちらがもらうかで兄弟げんかになり、こちらは小学生で腕時計などいるわけがなく、いやいやあきらめさせられたが、子ども心に何ももらえないのはおかしいじゃないか、と涙にくれていた。今の子どもにもいろいろあるらしい。おまけで手に入れた恐竜だか怪獣だかのカードを戦わせて夢中になっている。

おとなになってもおまけとは縁が切れない。といっても駄菓子のおまけではない。デパ地下探訪が好きであちこちの店にちょくちょく顔を出し、いきおいなじみにもなる。老舗の和菓子屋でいつもの買物をすると、顔見知りの女性店員が「毎度ありがとうございます。これ入れときますね」とにっこり笑いながら小さなまんじゅうを一個余分にくれたりする。ついついこちらも頰が緩む。佃煮屋の売子はちょっときつい顔の中年婦人だが根は親切で、ぶどう豆を注文どおり計ったあと、もう一さじ追加しながら、にこりともせずぼそり「おまけしときます」と言う。大したおまけではないが、買うほうは嬉しくなる。

こんなふうに、おまけと言われるものは何か品物なので、「おまけ」という言葉は単純にものをあらわす一つの名詞だとばかり思っていた。「おかず」とか「おでん」とかのたぐいである。なんとうかつな話か。「おまけ」が、動詞「まける」の連用形名詞転用にていねい語の「お」がついたものであることに気がついたのは、そう古いことではない。その手の「お」をつけて常用される名詞転用語はたくさんある。たとえば、「おにぎり」「おしぼり」「おこげ」など。「おまけ」がそうだと気づかなかったのは、「お」を取った「まけ」に勝ち負けの「負け」しか連想しなかったせいかもしれない。

動詞「負ける」は二つある。あるいは意味用法が二つある。一つは自動詞で「力が落ちる、抵抗できない」。もう一つは他動詞で「値段を引く」。そう言われれば、誰でもそんなことぐらい知っているさ、と答えるような事柄なのだが、錯覚というか、思いこみというか、こういうこともあるものだ。

「負けるが勝ち」の「負ける」はもちろん第一の意味である。一旦相手に勝ちを譲っておくのが結局は自分の勝ちにつながる。史上最大の「負けるが勝ち」は、第二次大戦のソ連対ドイツだったといわれる。退却するソ連軍を追ってドイツ軍がレニングラードまで深入りしたあげく、兵站の機能不全と極寒のため動きがとれなくなり、逆にソ連軍の反攻を浴びて壊滅した。日本は逆だった。「負けるが勝ち」とばかりに「転進」と詐称しながら撤退に撤退を重ねたあげく、自分が壊滅。「負けるは負け」になってしまった。

別に戦争には限らない。勝負ごとにはよくある。囲碁なら捨て石、将棋なら捨て駒。自分の駒をどんどん取らせて、逆に敵の王将を窮地に追いこむ。ブリッジで「あのとき勝っておかなきゃよかった。勝ったばかりに、次にこっちが出す札が切られて、あとずるずる行っちゃった。

逆に負けときゃ向こうは何を出していいか困ったろうに」とぼやいても、後悔先に立たないことがどれほどあるか――へたのしるしである。サッカーでも、引き気味に相手に攻めさせておいて、一発スペースに蹴り出してカウンターをねらうのも、戦術的に「負けるが勝ち」に入れられるかもしれない。勝負ごととなれば商売もそうだろう。「損して得とれ」つまりは「負けるが勝ち」が大阪商法の極意といわれる。

こうなると「負けるが勝ち」の「負ける」は、ほとんど第二の意味になる。おまけをつけたり、サービスで値引きしたり、一旦損して、つまり負けておいてお客を引き寄せ、売り上げ増大で逆に利益をあげる。そういうカモのお客はゴマンといる。ぼくもそのひとりである。

そしてある日、なじみの佃煮屋に立ち寄ったら、いつものむっつりおばさんがいない。代わりに店にいるのはごてごてメークの女の子。ぶどう豆を注文したら秤を見ながら「五グラム超えますけどよろしいですか」と言う。もちろん超過分、代金は取るという算段である。「きっちり計って」と答えでもしたら、「けちな人だ」と思われるにきまっているから、「ああ、いいよ」と澄まし顔でＯＫしたが、胸のうちは「まけろよ、けち！　負けるが勝ちとも言うだろ」と憤懣が渦巻いていた。

〔クイズ ７〕

ていねい語の「お」をつけて使われ、「お」をはずすと別の意味になってしまうもの、あるいは意味をなさないものを「おにぎり」「おしぼり」「おこげ」以外にあげてください。

器用に皮を剝く
——月夜に釜を抜く

原句は「月夜に釜を抜かれる」が正しいようだが、手元にあるかるたに「抜く」とあるので、これでご容赦を。主客が転倒するだけで内容は同じだから問題はないと思う。さてその原句、辞書を引けば、明るい月夜なのに釜を抜かれる——つまり、盗まれる——ほど不用心、間抜けだということらしい。なるほどそういうことかと意味はわかるが、首をかしげることがいろいろ出てくる。

そもそもなぜ釜など盗むのか。盗んでどうするつもりか。家の構造は——今でも古い農家などに見かけるが——外から入ると居宅の前面が土間になっていて、片隅にかまどがしつらえられ、その上に鍋や釜が載っている。そこへ泥棒が夜陰に乗じてではなく、明るい月光を浴びて忍びこみ、あたりを見回して「あ、いいものがあったぞ」と釜に手をつける。そんなことがあり得るだろうか。大して高いものでもないし、いやはっきり言って安い品物だから、必要なら買えばいい。一升炊きの釜だって知れたものだ。泥棒でもコストパフォーマンスは考えるだろう。へたをするとしょっぴかれてそれなりのお仕置きを受けるのである。それとも給食用の釜とか、炊き出しや芋煮会に使うような特大の、ふつうでは手に入れにくい釜？　そんなものがそんじょそこらの家に置いてあるとは思えないし、かりにそれがあって盗むにしても、盗んだあとどうやって運ぶのか。ごろごろ玉転がしの要領で転がしていく？　マンガならいざ知らず……

　盗まれるほうはどうか。まさか釜など持って行かれるとは思わないから、そんなことまで用心はしない。金の茶釜ならともかく、ただの飯炊き釜ぐらい、盗まれても買い直せばいい。用心に金（かね）をかけるよりよほど安上りだろう。それを不用心だの間抜けだのと言われてはたまらない。「わざわざ釜なんか持って行くご苦労さんの間抜けがいてねえ」と笑っていればいい。

「器用に皮を剝く」とだけ言ったのでは、まず誰にも雲をつかむような話だろう。たねを明かせばこの皮とは栗の皮のことで、そこまで言ってはじめてピンとくる人が多少は出てくるのではないか。

先だって池澤夏樹さんが新聞のコラムに栗の皮を剝く話を書いていた。湯に浸した栗の鬼皮を剝いたあと、渋皮を、その下の身をできるだけ削らないように、細心の注意を払いながら薄く剝く苦労話だったが、いちおう経験のなくはないぼくも、そうなんだよと、思わず心の中で相槌を打ったような次第だった。

焼芋党は「九里四里うまい十三里」とおっしゃるが、やはり「九里はいも四里五里うまい」がほんとうのところだろう。そしてゆで栗なら縦半分に切ってスプーンですくって食べるという手があり、厄介な皮剝きをせずにすむが、うまさの点で、生栗の皮をはいで調理したものにはるかに及ばない。生の栗をかじっても結構うまいものである——吹出物に注意しての話だが。

父は栗が好きだった。季節にたまたま栗が手に入ると、いそいそと包丁を持ち出して自分で皮を剝き始める。湯に漬けたりはしない。いきなり手をつける。あの固い鬼皮のどこに刃をあてたらいいかそれなりのコツがあるのだろうが、なんのためらいもなく運ばれる包丁の下に、つやつやと美しい茶色の皮が次々に積まれていく、にこにこと嬉しそうな父の顔。器用だな、と観ているほうは思う。

鬼皮が終われば続いて渋皮である。栗の実は一番外側のいがから数えて鬼皮、渋皮と三重に防備が施されている。小学生のころ、先生から「柿の実はすぐ食べられるようにできているのに、栗の実がそうでないのはどうしてだろう」と、子どもにはちょっとむずかしい問題を出されて頭をひねった覚えがある。それはまたあとの話として、ともかく栗のこの三重の防御網、最初の有棘網は生産者が始末してくれているからいいが、あとの二つは消費者のほうでなんとかして破らなければならない。まず鬼皮は先ほど述べた通り。とにかく固いのが手ごわいが、渋皮との間にわずかに隙間があるので、ナイフの刃さえ食いこませれば、あとは力で割合簡単にはがすことができる。

渋皮はそうはいかない。下の身にぴったりくっついているから慎重に少しずつ刃を進めなければならない。きれいに丸くするのは無理で、どうしても面ができる。それも料理に使う食材となれば、一個や二個ではすまない。かなりの分量がいる。好きな栗ご飯でも、口にするには相当な覚悟が必要ということだ。

父が栗好きであるにとどまらず、皮剝きを苦にしないのが、家族にとってはありがたいことこの上なしだった。そもそも工作、ひろくいえばもの作りが好きで、子どものときに昆虫の標本箱を自分で作ったというから並の腕ではない。栗の皮剝きもその部類に入るのだろうか。ともあれ、栗好きということにかけては、家族も父に負けてはいない。父が惜しみなく労力を払ってくれたその日の夕食は家族全員の期待に満ちたものとなる。そして、

栗おこわ箸もそぞろの夕餉かな

和やかな食卓の風景がなつかしく瞼に浮かぶ。

ぼくも父を見習ったわけではないが、栗好きが高じて皮剝きも何回か試みたことがある。しかし、もともと工作はへたくそだし、根気もないし、とても「器用に皮を剝く」段には至らず、近頃はとんとご無沙汰となった。栗専用のナイフも開発されて買いはしたものの、今は引出しの奥深くに眠っている。

栗といえば甘栗、これにもいろいろな思い出がついて回る。昔、甘栗をいちばんよく口にしたのは列車の中だった。前にも書いたが、今のような車内販売のワゴン車などない。ホームに停車している車輌沿いに行き来して売り歩く売子から買う。大きな駅ならたいていどこでも売っていた。甘栗を入れた袋は今でもひょっとすると同じかもしれないが、表に天津(てんしん)甘栗と書いてある。甘栗用の栗は中国から輸入していた。日本産の栗より一回り小さいが、日本に持って帰って育てると大きくなってしまうという話だった。そして裏にはご親切なことに甘栗の皮の剝き

方が絵入りで説明してある。まず栗の平らなほうの面に親指の爪で割れ目を入れる。その上で親指と人差指で実の両脇をはさみ、押し潰すように力を入れると割れ目がぱちんとはじけて、つやつやした茶色の中身が顔を出す。考えてみると、このとき渋皮まで鬼皮といっしょに取れてしまうのが不思議である。時がたつうちに、甘栗を買うとプラスティックの爪型の器具までついてきた。親指の爪を傷めないようにという親切心だろうが、いやはやという感じ。そして昨今は、その手間まで省いてくれて、初めから皮を剝いた甘栗が売られるようになった。利便性、効率をひたすら追求した結果で、ここまでくるともう余計なお世話というか、焼きたての味は失われるわ、殻がぱちんと割れる快感も失われる。

甘栗など作るのに大した技術はいりそうにも見えないし、手間ひまもそうはかかるまいから、どの店で買っても大して変わりはないだろうと思ったら、それが大まちがい。どこでどう差が出るのか、せっかく買ったのに「なに、これ」とがっかりすることがよくあった。吉祥寺の駅前に甘栗専門の老舗があってそこでよく買っていた。はでな現代風の店にはさまれて身を縮めているような古びた店で、店番もたいてい古びたばあさんが座っていた。何度か寄るうちに例によって顔なじみになり、いつも切りよく分量も手頃なので五百円注文していたが、あるときふざけて「五百万円下さい」と言ったら、いつもより大き目の袋に詰めて、「はい、五百五十万円だけど五百万にしときます」と差し出してくれた。その店も時流に流されて消えてしまった。

皮剝きといえば、栗より果物のほうがよほど身近にちがいない。りんご、なし、桃など果物の皮を自分で剝けるようになるのは何歳ぐらいだろう。鉛筆を削るのは（今はそんなことをする子はいなくなったが）、中学へあがる頃にはやっていたと思う。果物の皮剝きとなると鉛筆削りよりは技術が必要で、ナイフの扱いがむずかしいから、もう少し年がいかないと無理かもしれない。中学一年になったばかりの孫息子に「りんごの皮剝ける？」ときいてみたら、とんでもないという面持ちで首を振っていた。

皮の剝き方にも人によってそれぞれ流儀、習慣があるだろう。もちろん、マナーを気にしないですむ場なら、皮を剝くのは面倒だから皮ごと丸かじりという手もある。しかし、それはせいぜいりんごぐらいで、なし、柿、桃などはどうしても剝きたくなる。ぼくは、りんご、なし（西洋なしを含む）、柿のたぐいはすべて縦に八つ割にした上で、皮をいっしょに芯も取り除く（柿は皮のみ）。桃は皮を剝いて丸裸にしたものを周辺からそぎ切りにする。

昔、うちにホームステイしていたアメリカ人の女子学生が、桃を皮ごと丸かじりするのを見て驚いたが、向こうは多分こちらがていねいに皮を剝いているのを見て驚いたにちがいない。桃の皮まで口にする気にはなれないが、果物の食べ方も民族によって異なるということで、かなり長い期間いっしょに暮らさないとそこまではわからないだろう。

ふと思い返してみると、昔、きちんとした洋式の宴会（披露宴など）では、フルコースの食事のあとに、客人それぞれの席に水を少し入れた小さなフィンガー・ボウルが置かれ、同時に高足の皿に載せたたくさんのフルーツが回されたものだった。客は各自好きなものを取って処理し、食べ終われば汚れた指をボウルの水で洗うという手順だが、近年はついぞそういう状況にぶつかったためしがない。ひょっとすると外国の貴賓を迎えた宮中の晩餐会などでは、そういった正式の習慣も残っているのかもしれないが、そこでその賓客がどんなふうに果物を処理するか、ちょっと見てみたい気がする。

それにつけても、妙な思い出が一つある。いつもの悪友と旅行中のこと、りんごの皮を剝く段になって、友人のひとりの手もとを見ていたら思わず目が釘づけになった。ふつう皮を剝くときは——果物に限らず大根など野菜でも——ナイフ（包丁）の刃を内側に向け、親指をあてながら手前に引いていく。ところがその男は、なんと刃を外側に向け、人差指を添えてナイフを向こうへ押し出して切っている。「なんだ、その剝き方」とあきれると、相手は平然と「おれ、このほうがやりやすいんだ」と曰う。さて、これは不器用なのか、それともこんな変わったことができるほど器用なのか、どっちだろう。

〔クイズ 8〕

秋の味覚として実の生る物で代表的なのは栗と柿でしょう（「サルカニ合戦」にも出てきます）。ところで、柿の実は色も赤くて目をひくし、甘い匂いも強く、いかにも鳥をさそって食べてもらいたいようにできています。それにひきかえ栗の実ときたら棘の鎧を着た下には固い鬼皮、渋皮まで身につけて、あくまで外敵を寄せつけないように、食べられないようにがんばっています。どうしてこんなにちがうのでしょう？

医師儲ければ坊主騙る

――犬も歩けば棒に当たる

動物の名前はいろいろな連想を伴ったり、象徴として使われたりすることがよくあり、それが国語によって時として異なるので注意を要する。たとえばヤギは、日本では「メエ、メエ、モリノコヤギ」の童謡ややぎひげのおじさんのイメージから、好感をもって迎えられるのに、英語（goat）は好色の代名詞のような感じさえあるから、うっかりおじさんをヤギみたいなどと言ったら、とんでもないことになりかねない。an old goat は「助平じじい」である。そのほか英語での語感が日本語とずれている動物を列挙すると、

ブタ　　　強欲、不潔
ヒツジ　　内気、おどおどしている
クマ　　　がさつ、粗暴
ロバ　　　とんま、強情
ハト　　　だまされやすい、のろま
オオカミ　女たらし
オンドリ　親分、ボス
メンドリ　うるさい婆さん
カラス　　醜い女、ぶす
カササギ　おしゃべり

たった一つの単語にさえ、歴史的な背景、社会的な習慣、個人的な体験、追憶などがあたかもカキのように貼りついている。つまり、言葉は文化を担っているということで、国や文化によって語感がちがってくるのになんの不思議もない。

それはそれとして、われわれ日本人はイヌについてどんな連想を持つだろうか。第一にイヌは忠実だという印象がある。昔、ハチ公という名前のイヌがいて、毎日渋谷の駅へ主人を迎えに出ていた。主人が亡くなっても相変わらず出迎えをやめなかったのに感心して、近所の人が忠犬ハチ公の銅像を建てた。戦時中に供出、撤去されたのが再建され、今でもハチ公広場として格好な待ち合せ場所になっている。

そこでためしに国語辞書で「いぬ」を引いてみると、まず生物学上のイヌの説明があり、そのほかに

②ひそかに人の隠し事を嗅ぎつけて告げる者、まわしもの、間者。
③犬追物（いぬおうもの）の略。
④ある語に冠して、似て非なるもの、劣るものの意を表す語。また、卑しめ軽んじて、くだらないもの、むだなものの意を表す語。「—蓼」「—死」「—侍」

（『広辞苑』）

と書かれており、ほかの辞書もほぼ同じようなもので、誠実、忠実との関連など全く出ていない。辞書というものは、要するに多くの用例を集めて整理したものだから、単なる印象、連想は含まれないのが当然かもしれない。

そこでさらに「犬も歩けば棒に当たる」を調べてみる。実は「いろはかるた」の句には、意味がはっきりしないもの、何が言いたいのか汲みとれないものがかなりあり、これもその一つに数えられる。

○犬も歩けば棒に当たる

物事を行う者は、時に禍いにあう。また、やってみると思わぬ幸いにあうことのたとえ。

（『広辞苑』）

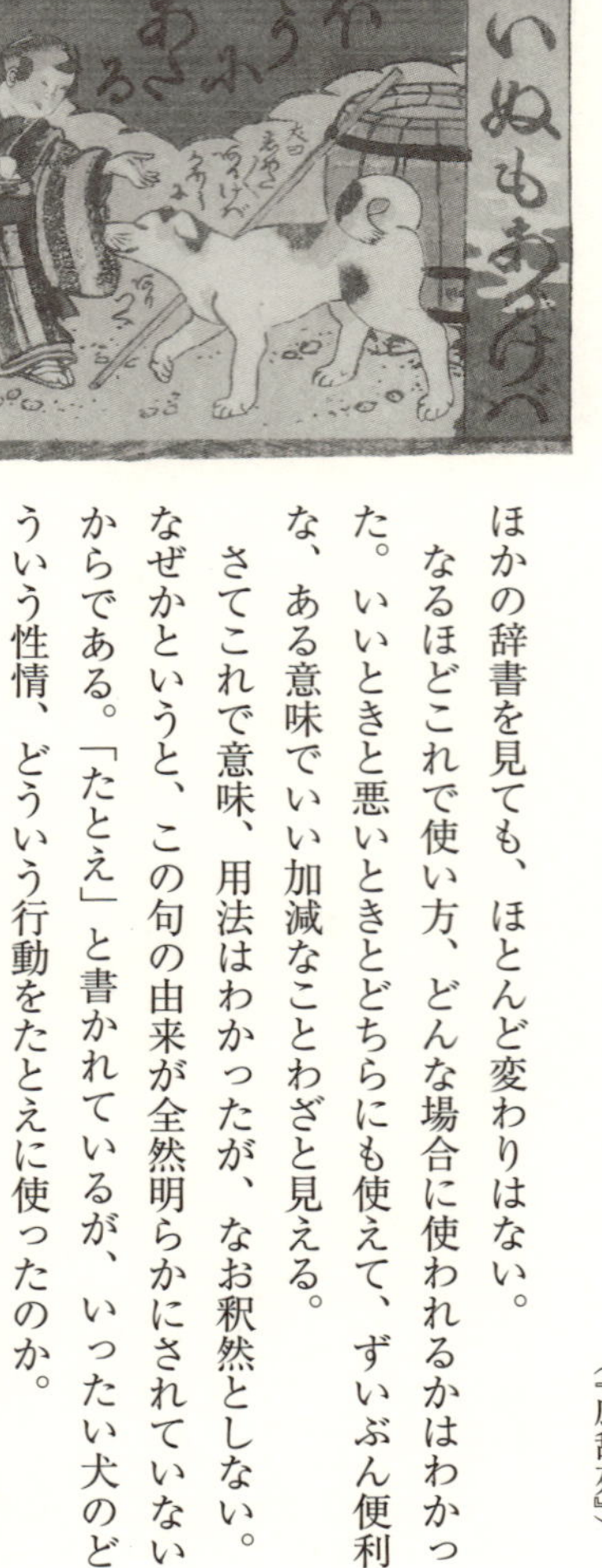

ほかの辞書を見ても、ほとんど変わりはない。

なるほどこれで使い方、どんな場合に使われるかはわかった。いいときと悪いときとどちらにも使えて、ずいぶん便利な、ある意味でいい加減なことわざと見える。

さてこれで意味、用法はわかったが、なお釈然としない。なぜかというと、この句の由来が全然明らかにされていないからである。「たとえ」と書かれているが、いったい犬のどういう性情、どういう行動をたとえに使ったのか。

そもそも「思わぬ幸いにあう」とは、犬の場合どんな幸いなのだろう、「棒に当たる」と表現できる幸いとは？　骨にでもありつくのか。いや、のこのこ歩いていてぶつかるほど、骨がやたらにころがっているわけもない。親切な犬好きの肉屋が、歩いている犬を見かけてポイと骨を放り投げてやった？　ありそうもない話である。ほかに犬にとっての幸い体験がないか、あれこれ頭をひねるのだが思いつかない。

逆に「時に禍いにあう」なら、「棒に当たる」にあてはまる状況は簡単に思い浮かべられる。誰かが棒切れとかバットとかでぶちのめしたというようなことは、今どきまさかあるまい。昔、そんな現場をとらえたと称する写真がイギリスの新聞に掲載されて、日本人の動物虐待と、一騒ぎ持ちあがったことがあった（実は根も葉もない誤報と判明したが）。そんなことではなくて、ごく単純に「棒に当たる」。――棒がそこらにおっ立っているわけもないから、電柱とか立木にうっかりぶつかった、そういうことではないか。

結論として、「思わぬ幸いにあう」という辞書の解釈はいただけない。「時に禍いにあう」一本でいく。そして、辞書もあまりあてにできないから、自分の頭一本でいく。

まず「犬も歩けば」の「も」は何か。上を受けて「……もまた」のはずはない。「でも」の意味にちがいない。つまり、「犬でも……棒に当たる」である。そこで「でも」の上と下の関係を考えてみよう。たとえば、

1　リーグ一位　でも　勝つ。　×
2　リーグ一位　でも　負ける。　○
3　リーグ最下位　でも　勝つ。　○
4　リーグ最下位　でも　負ける。　×

この中で1と4がおかしく、2と3が正しいことはすぐわかるだろう。今、「でも」の上の部分を主部（S）、下の部分を述部（P）とすると、Pがネガティヴ（マイナスのイメージ）な表現の場合、Sはポジティヴ（プラスのイメージ）、Pがポジティヴな表現の場合、Sはネガティヴでなければならない。

これを「犬棒」にあてはめてみると、Pの「棒にあたる」は、たとえば、電柱にぶつかるというような禍いで、禍いにあうのはマイナスの経験である。とすると、Sの「犬」はプラスのイメージを持っていることになる。それは、犬の何かすぐれた性質が意識されていることにほかならない。

そこで問題は、ここで意識されている犬のすぐれた性質は何かということになる。この句をわかりやすく整理し直すと、「犬はかくかくしかじかのすぐれた性質を持っているが、それでも電柱にぶつかるような禍いにあうことがある」。これは言いかえると、「かくかくしかじかのすぐれた性質のおかげで、ふつうなら電柱にぶつかったりはしない」。従って、そういう特性が何かと考えればいいわけである。

冒頭に述べた忠実、誠実はどうだろう。すぐれた性質にはちがいないが、別に飼主に忠実だからといって電柱にぶつからない保証にはなりそうもない。かえって、主人にばかり注意が向けられて電柱にぶつかったりしかねない。

猟犬としての特性はどうか。ウサギなりキツネなり獲物を狩り立て、争うには体の俊敏さが必要で、これは大いに関係があるように思われる。ぶつかりかけてさっと身をひるがえす。

そして嗅覚。犬の嗅覚のすごさは誰しも見聞するところだろう。犯罪容疑者を識別する。荷物の中から麻薬を嗅ぎあてる。地震で倒壊した建物の下から被災者を探し出す。人間の何百倍もの感度だろう。電柱にひっかけられたほかの犬の匂いなどはるか遠くからわかるにちがいない。嗅覚のみならず聴覚などほかの感覚もあわせて、その知覚の鋭さは驚くに値する。それがなければとても盲導犬など勤まるまい。飼犬の行動を観察するとおもしろい。主人がいつも帰ってくる時間になると、いったいどういう勘が働くのか、そわそわし始める。おそらくあたりの様子や家族の立居振舞など雰囲気から時間を察知するのだろう。現実に主人が帰ってくると、遠くの物音や匂いではっきりそれと知って、くんくん鼻を鳴らし、甘えたなき声を出し、しっぽを振り、ますます落ち着かなくなる。

ここまで思いをいたせば、禍いを避けるのに役立つ特性は明らかだろう。

「犬も歩けば棒に当たる」を具体的に説明すれば、「犬のように敏捷で知覚のすぐれた動物でも通りをのこのこ歩いていれば、うっかり電柱や立木にぶつかってしまうことが間々ある」。その上に、「だから、思わぬ災難にあってもそうくよくよすることはない」という慰め、励ましも含まれている。

　こうしてみると、「犬棒」の句は、「サルも木から落ちる」と趣旨は同じということになる。説明するまでもなかろうが、こちらは「サルのように樹上生活に慣れたものでも、木から落ちることがある。だから……」という意味である。ところが、「犬棒」のほうは「歩けば」と仮定がついているところがくせ者で、別の解釈も成り立つ。つまり、犬はなまじっか通りなど歩くから棒に当たるので、おとなしく家にひっこんでいればいい、ということ。人間にあてはめれば、新しく事業を始めるとかはやめたらどうかといういましめになる。それなら「キジも鳴かずば打たれまい」と似たようなものか。イヌ、サル、キジの競演で、次は桃太郎か鬼か、とつまらぬことを考えてしまう。

　こんなふうに頭をしぼって自分なりの解釈を施してから、改めて「ことわざ辞典」を引いてみたところ

犬も歩けば棒にあたる

【訳】　イヌ（のような無能なもので）も（引っこんでばかりいず）出て歩けば棒にあたる（ように幸運にぶつかることもある）。

【解】　もとの意味は、なまじ積極的な生き方をすると、イヌが棒でぶたれるような、損な

目にあうということであったろう。しかし今ではそれと反対の、幸運にあたるという意味にとり、積極的な生き方を勧める場合が多い。

（『世界のことわざ辞典』永岡書店）

うーむ。最初から気に入らない。イヌを無能と思う人がいるだろうか。先に挙げた辞書のいぬの項を見ても、無能を含意する説明はない——「犬侍」など低級を暗示する接頭語的な用法はあるが。

今は、幸運にぶつかるという意味で使われることが多いらしいが、残念ながらいたし方ない。一般の趨勢に反発してもむだだろう。

原句の意味がわからなくてここまで長々と書いてきたが、まずは一件落着。パロディ句に移るとしよう。

医師儲ければ坊主騙る。ずいぶん当り障りが多そうだが、別に他意あるわけではない。座興の言葉遊びにすぎない。といっても下敷きはある。

昔から「薬九層倍」とか「坊主丸儲け」とかよく言われていた。医師は薬師（くすし）とも呼ばれ、診療のみならず投薬も行なっていたから、薬九層倍——非常に高いこと——で暴利をむさぼっていたとされるのは医師である。言うまでもないが、医師や僧侶がみなそうであるわけはない。

庶民は全体としての両者に深い敬意を抱いていたことはまちがいない。医者がいなければばうっかり病気になれないし、坊さんがいなければ死ぬに死ねないのだから。ただ貧乏で日々の暮しもままならぬ人たちにしてみれば、やっかみもあるだろうし、つい恨みつらみも出るだろう。「薬九層倍」だの「坊主丸儲け」だの、この手の俚諺が生まれるのは、医師、僧侶が庶民の生活に密着していればこそ、という考え方もある。

実は西洋でもそうだった。特に十二世紀を中心とする中世には、教会や聖職者に対する揶揄、皮肉に満ちた詩文が数多く生まれている。C・H・ハスキンズによれば、

中世はパロディの黄金時代で、しかもパロディの傑作の多くは十二世紀の産物である。共通の素材と、必要な文学的才能と、敬意の適当な欠如があれば、いつの時代でもすばらしいパロディは生まれる。しかし十二世紀は、これらの条件の結びつきの程度が並ではない。散文にも韻文にも一つの共通なコミュニケーションの媒体があったし、聖書、典礼の言葉と音楽、教会法、自由学芸のテキストなど、バーレスクに使えそうなまじめな素材が広く人びとに知られていた。しかも、今日の読者には意外なほどの、不敬の気持がある。ゴリアルディの異様な才気と徹底した品の悪さが、これほどはっきり示されているところはない。

（『十二世紀のルネサンス』講談社学術文庫、拙訳）

若干注を加えると、「共通なコミュニケーションの媒体」とはラテン語。「自由学芸」とは当時できたばかりの大学で教えられた七つの科目、すなわち文法、修辞学、論理学、算術、幾何学、天文学、音楽。「ゴリアルディ」とは、遊歴書生とも称され、各地の教会、修道院、大学を渡り歩いていた才気煥発な詩人群を指す。

そして、「酒と女と唄が遊歴書生の詩の多くにとって永遠のテーマではあったが」、「ゴリアルディ」（ゴリアスの会）という考え自体がそっくりそのまま修道会のバーレスクにほかならない。神聖犯すべからざるものなど何一つなかった。何でも槍玉にあげられた——福音書も、ミサの典文も、壮重をきわめる聖歌も、使徒信経や主禱文さえも。

たとえば、聖マルコによる福音書をもじった「銀貨マルクによる福音書」が作られた。そして「とりわけ強い毒を含んだ攻撃が教会組織、特にローマ教皇庁と高位聖職者に向けられて」、ローマ（教皇庁）は「横領して頭領たり」と罪の本源のように描かれた。こういうのもある。

よろずの　Radix
悪の　Omnium
みなもとは　Malorum
むさぼり　Avaricia

このラテン語の頭の文字をつなげると、なんとROMAになる。また同じくローマについて、

世のあるじと見なすか　代々悪事のみなすを。（上下二文がほとんど同じ音であるところに注目。もちろん元のラテン語がそうなっている。）

もはや罵詈讒謗と言ってもいい。

「ゴリアスの黙示録」というのもある。聖書のヨハネの黙示録に出てくる四つの生き物を四人の高位聖職者にあてている。

獅子は教皇、むさぼりをこととす。
本を抵当に金銀をあさり、
マルクを敬してマルコを軽んず。
帆を高くかかげながら金に錨をつなぐ。

子牛に見るは司教の姿。
野を馳け畑を走り柵を抜け、
気随気ままに草をくらい

ひとの財産もてわが身を肥やす。

大助祭は空飛ぶワシ。
はるかに獲物を目にすれば
たちまち舞い降り追いすがり、
かつは盗みかつは掠奪に日を送る。

司教代理は人面のサル。
うそ、たばかりにまみれながら
おおい隠すに余念もなく、
さりげなく純情におもてを飾る。

しかし、こういった痛烈な詩文を作り出したのは、頭のいい、言葉の能力にたけた才人で、大多数の大衆は教会にしかるべき敬意を払いながら、つつましく信心生活を送っていたにちがいない。なんと言おうと「スターバット・マーテル　ドロローサ（悲しみの聖母は立ちたまえり）」のような美しい聖歌を生み出した時代である。宗教は庶民の日常生活の一環として取りこまれていた。おもてをあげると、必ず教会があり、司祭の姿が見えるという状況——だからこそ、ちょっとからかってみたり、意地悪を言ってみたくもなろう。

日本の医師、坊さんもそうだったのではないか。ただし、今は残念ながら坊さんは日常から遠い存在になりかけているのかもしれない。ひょっとして「坊主憎けりゃけさまで憎い」と言ったら、若い人は、「どうして今朝まで？　あしたはもういいの？」とけげんな顔をするかも……

〔クイズ　9〕

ヘビは聖書の冒頭で、アダムとイヴに知恵の木の実を食べさせた悪魔の化身とされていますが、別の箇所では「ヘビのごとく○○○」と形容されています。形容詞（ひらがな三字）を入れて下さい。

寝乱れを見つめて恥ぢしわが身かな

——さみだれをあつめて早し最上川

Im wunderschönen Monat Mai

イム　ヴンダーシェーネン　モーナト　マイ

Als alle Knospen sprangen

アルス　アッレ　クノスペン　シュプランゲン

Da ist in meinem Herzen

ダ　イスト　イン　マイネム　ヘルツェン

Die Liebe aufgegangen

ディー　リーベ　アオフゲガンゲン

（大意）

すばらしく美しい五月

すべてのつぼみがほころびるとき

わたしの心の中にも
愛が芽生えた

五月のある日、さつき晴れに誘われて思わず口から洩れるこの歌、ドイツ歌曲（リート）の中でいちばん好きなシューマンの歌曲集『詩人の恋』（作詩ハインリヒ・ハイネ）の第一歌「うるわしき五月に」である。歌詞は正直のところ平凡で他愛ないが、それにつけたシューマンのメロディの美しさは天下一品、まさにヴンダーシェーンで、フレーズが次第に高くのぼって、最後は「ラ」の音で終わるのが、熱い思いとちょっと不安を織りまぜた期待を感じさせ、これぞロマンティシズムの極致と言ってもいい。

すべてのつぼみがほころび鳥が歌う（第二節）というヨーロッパの五月、日本は多少ずれるが、それでも五月はいちばん気持ちのいい時期ではなかろうか。暑からず寒からず、風をはらんでなびく鯉のぼりに象徴されるあの爽やかさ。桜が終わったあとバラがほころび始めて月の終わりにはピークを迎える。そしてみごとなグラデーションの新緑。

目には青葉山ほととぎす初松魚（はつがつを）

視覚のみならず聴覚、味覚まですべてを楽しませる季節である。

と、ここまで書いてハッととんでもないことに気がついた。山口素堂がこのように季語を三つ並べて詠んだのは、いったいいつのこと、どういう時期のことだったか。三つの季語がすべて初夏、五月のものであることはまちがいない。しかし、素堂がこの句を詠んだのは卯月、つまり四月だった。ただし旧暦の四月である。そうすると卯月の次の月、皐月は五月とも書くが、今の五月ではない、六月ということになる。

さみだれはもともと五・水・滴れだったらしい。それが五月雨と変わった。今の暦（太陽暦）では六月の雨、早くいえば梅雨である。それなら五月晴れは？　これも本来は爽やかな五月の晴天ではない、梅雨の晴れ間を指す。冒頭にうっかり「さつき晴れに誘われ」と書いたのは大まちがい、蝶々夫人ではないが五月の「ある晴れた日に」とでもしておけばよかった。

梅雨は黴雨とも書く。むしむしと黴の生える季節を思わせる。爽やかどころかじっとりと汗ばむ不快感が心に残る。じめじめと淀んだ空気、しとしとと降りやまぬ雨。いやな感じの形容詞ばかりよくも並ぶものである。

そういえば「さみだれをあつめて早」い最上川は、水かさも増し舟で下るのも危ういほどだったという。ひょっとすると、その前の日あたり梅雨前線が活発になって集中豪雨でもあったのではないか、などと妄想をたくましくもしたくなる。

「うるわしき五月」がろくでもない六の五月になってしまった。つくづく思うが、陰暦はおそろしい、気をつけないといけない。四十七士討入りの日、十二月十四日の夜はかなりの大雪だった。昔の江戸は十二月でもあんなに雪が降ったんだ、と感じ入る御仁がいた。

パロディについても一こと言っておかねばなるまい。ぼくは浴衣(ゆかた)がきらい、というかなじめなくて、旅行で宿に着いても、同行の仲間がさっさと浴衣に着替えてくつろいでいるのに、こちらはシャツにズボンのままである。パジャマまでは持って行かないので、寝るときにはしょうがないから浴衣のご厄介になるが、なにしろ着慣れないもので、寝ている間に前ははだけるわ、帯はずりあがるわ、起きて鏡にうつったあられもない自分の姿に思わず目をそむける仕儀となる。

〔クイズ 10〕

①花札の五月に描かれている植物はなんですか。

②「五月蠅い」なんと読みますか。

行く春や妻泣き夫の目に涙
——行春や鳥啼魚の目は泪

Im wunderschönen Monat Mai
Als alle Vögel sangen
Da hab ich ihr gestanden
Mein Sehnen und Verlangen

イム　ヴンダーシェーネン　モーナト　マイ
アルス　アッレ　フェーゲル　ザンゲン
ダ　ハーブ　イッヒ　イール　ゲシュタンデン
マイン　ゼーネン　ウント　フェルランゲン

（大意）
すばらしく美しい五月
すべての鳥が鳴くとき

わたしは彼女に打ち明けた
わたしのあこがれと願いを

（シューマン作曲『詩人の恋』第一歌「うるわしき五月に」第二節。作詩ハインリヒ・ハイネ）

「うるわしき五月」。冬の長い北国ドイツでも、「すべてのつぼみはほころび」（第一節）「すべての鳥は歌い」、ようやく春もたけなわとなる。

「春」の語源はいろいろあるようだが、「万物のハル（発）候であるところから。草木の芽のハル（張）候であるところから」（『日本国語大辞典』）というのがいちばんピンとくる。「ハル（発）」がよくわからないが、「発する」と考えて大過ないだろう。とにかく「発する、張る」は力があふれ出る、湧き上る、みなぎる、外へ現われる、生ずる」といった意味合いで、「春」がその名詞だというのは十分納得できる。英語で「春」を意味するspringも、もとは動詞のspringからきている。いろいろな意味を持つ言葉で、その中に「湧き出る、はねる、生じる、発芽する」などもあるところから、名詞として、「泉」「バネ」「春」などが出てくる。ドイツ語にも英語と同じ起源の動詞springenがあり、「うるわしき五月に」の第一節に「（つぼみが）ほころびる」として使われているが、名詞の「春」には別の言葉Frühling（フリューリンク）（原意は「早いもの」）があてられる。

原句は芭蕉が「奥の細道」の旅に出立する日に詠んだもの。時は弥生二十七日、陽暦五月十六日だが、季節はドイツのwunderschön（すばらしく美しい）五月とはかなりずれがある。暦の上では春は弥生（三月）までだからあと数日で終わる。芭蕉は親しい人びととの別れを惜しむ気持ちと、今や去ろうとしている春を惜しむ気持ちを重ね合わせたのだろう。ある学者の解釈をそのまま写す。

過ぎゆく春を惜しんで人間ならぬ鳥までも鳴き、魚の目はうるむ。今、旅に出る私どもを囲み、みんなで別れを惜しんでくれた。

さらに解説を加えて、

「鳥啼き魚の目は涙」は……江戸の深川で日常よく見られた生き物に離別の情を託した表現と考えられないだろうか。私も悲しいがおまえたちも悲しかろう、お互いに寂しくなるね、といったぐあいに、旅人はつねに自然界と一体である。

美しい句。たしかにそう思う——ただし、観念として。というのは——俳句などどしろうとのぼくが口幅ったいことを言えた義理ではないのだが——ここに詠まれた鳥や魚はまったく架空の世界のもので、芭蕉が眼前にある自然界と一体となっているとは、とても考えられないからだ。鳥は春になぜ鳴くのか。春は鳥にとって恋の季節。鳴いているのは雄が雌を求めて呼びかけているのである。ハイネの詩では鳥の囀りと詩人の愛の告白が直結している。それが自然な感情の流れだろう。逆に言えば、愛の告白と結びついていることから、囀りもそのように認識されていることがはっきりくみとれる。

春も終わりに近い。鳥にしてみれば、恋が成就するチャンスはもうこないかもしれない。子孫を残すため懸命に、それこそ命を懸けて叫んでいるのではなかろうか。行く春をしんみり惜しんでいるような場合ではない。まして人の旅立ちなどにかまってはいられまい。

逆に人間のほうから見て、「日常よく見られる生き物」が懸命に愛の歌を歌っているのに、「そうか、そうか、おまえも別れを悲しんでくれるのか、私も悲しい、お互い寂しくなるね」と「情を託す」のは、ひとり合点というか、身勝手というか、いい気なものだと思う。

これは芭蕉が実際にそういう気持ちをもち、「自然界と一体となっている」と解釈しての話である。そんな解釈は捨てたほうがいいように思うがどうだろう。芭蕉その人のためにも。魚の目に涙は仮想でしかあり得ない。芭蕉はここでは架空の世界、観念の領域で遊んでいると考えたい。

そして、もじりの句。先ほど「春」の語源で触れたとおり、春は力のみなぎる季節である。

力にもいろいろある。一つは「青春」の「春」で、青年期の力。「春の目ざめ」といえば性の目ざめを意味する。一つは「わが世の春」の「春」。これには絶頂をきわめた力。そしてもう一つは、「春情」の「春」。これははっきり性欲、色欲の力、生殖能力を指す。

行く春や妻泣き夫の目に涙

この「春」は前記最後の「春」である。人生もさかりを過ぎ更年期を迎えた初老の夫婦の、いつわらざる気持ち。もう一人前の男女としての力は衰えたというさびしさがあるのだろうか。しかし回春はむりとしても、まだまだ花は咲かせられるし、人生、夏から秋も冬もそれなりにいいものだ、と慰め励ましてやりたい。

〔クイズ 11〕

「行春(ゆくはる)」の季節は陽暦五月でしたが、次の語句の季節は陽暦何月でしょうか。

①竹の春、②今朝の春、③小春、④春場所、⑤暮の春。

古井戸に蛙飛びこみ見ずや海

——古池や蛙飛びこむ水のおと

「かえるが鳴くからかーえろ。」昔、外で駆けずり回って遊んでいた子どもたちは、口々にこう歌いながら夕闇迫る家路を急いだものだった。そして夜には、遠くの貯水池に棲んでいる食用蛙（ウシガエル）が、その名の通りボーボーと牛そっくりの声をあたりに響かせていた。食用蛙って言うけれどいったいどこを食べるんだろうと不思議に思いながら、正体をたしかめようと長い竿付きの網を持って友だちと池まで出かけたところ、巨大なオタマジャクシが泳いでいるのに目を丸くしたおぼえがある。戦後も、三百メートルほど離れた玉川上水の向こう、今は住宅やマンションがびっしりと建ち並ぶあたりが当時は田んぼが青々と広がっており、そこからカエルの大合唱が夜風に乗ってわが家にまで届いていた。その頃はヒキガエルもずいぶん見かけた。わが家にすみついたのが庭の片隅に置いた水鉢の中に毎年卵をうみ、自分は水から出られなくなっているのを、棒で引っぱり上げてやり、ついでに紐状の寒天のようなものに包まれた卵は処分してしまうのが恒例になっていた。雨のあとなど駅までの舗装道路に、這い出してきたヒキガエルが何匹も車にひかれてあわれペシャンコにつぶれ、生臭い臭いがあたりに漂っていたものだ。あるいはアジサイの葉にペタリと貼りついているアマガエルの赤ちゃんのかわいらしかったこと。

カエルはこんなふうに日常生活と密接にかかわり合っていたのに、高度成長の進展とともについぞ見かけなくなり、あのヒキガエルはどうなったかなと思い出をたどるばかりだった。それがつい先日のこと、どこからどう迷いこんだかテラスの縁に小ぶりのヒキガエルがでんと座りこんでいるではないか。「よぉ、お久しぶり」と思わず声をかけたくなった。

「古池や」のカエルの種類はなんだろう。トノサマガエル？いや、アマガエルのほうがふさわしいか。あまり大きいのはぴったりしない。岸辺の石の上に休んでいたのが、突然人の気配を察してチャポンととびこむ。もちろんドボンやザブンではない。バシャンでもない。なんとしてもチャポンでないといけない。

それはそうと、わが師にして同士の今は亡きエドワード・サイデンステッカー氏が、「古池」

についてその翻訳をめぐりたいへんおもしろいことを言っている。

ことばというものは、……特定の条件のもとに生まれ、時にはそれに新しい意味が加えられたり、あるいはその逆に、それが持っていた意味のあるものが時代の変遷とともに失われてゆくものであるから、日本語のあることばとちょうど同じ意味をもち、それ以上の意味をもたない外国語のことばを見出すことは非常にむずかしい。

たとえば「古い」ということばをとってみよう。英語には"old","aged","ancient","antique","used"など、いろいろな訳がある。どういう場合にどの訳を当てるかは、そのことばが、どういう意味で使われているかを考えた上で、適切な英語をみつけなければならない。これは日本語の「古い」ということばでも、時によって違った意味に使われる証拠である。

ところが場合によっては「古い」というような一般的に使われることばでも、英語国民にない感覚を表わしていることがある。そういう場合には、「わび」、「あわれ」などの翻訳が絶望的であるように、「古い」ということばの翻訳すら、絶望的になってしまう。たとえば芭蕉の「古池や蛙とびこむ水の音」をとってみると、この「古い」はどうにも訳しようがない。"The old pond"とすれば、何となく馬鹿気たものになる。むしろ意味をなさないといっていい。それは日本人が「池」という語にもっているイメージと英語国民が"pond"に対してもっているイメージに多少ずれがあるからである。日本語で「池」といえば、それが石造りであろうと、コンクリート造りであろうと、あるいは庭先を掘ってつくり、それにこけが生えたものであろうと、水を満たした入れものという意味が強く出ているが、“pond”といえば、中に入っている水のほうが強く感じとられる。したがって“the old pond”とすれば「年をとった水」というのと同じ馬鹿げた響きをもつことになる。これを“the aged pond”とすれば、池や、その中の水が何か生きもののような感じになっておかしい。“the antique pond”とすれば、まず骨董品が頭に浮かんで、骨董品と池とを結びつけたチグハグなものになる。そうかといって“the ancient pond”とすれば「古代の池」という感じがして、芭蕉が「古池や」と呼んだ気軽さはない。こうしてみると、かなり広く使われる「古い」ということばでさえ、英訳できなくなってしまう。

（E・サイデンステッカー、那須聖『日本語らしい表現から英語らしい表現へ』培風館）

うーん。“pond”は水で「池」は入れものか。そう言われればなるほどそうかなと思う。英語で海、湖、川などをwaterと表現することはよくあるし、pondやlakeを英々の辞書で調べてみると、「陸地に囲まれたa body of waterとかan area of water（水域）」というふうに‘water’で定義されている。それに対し日本語の「池」は「……人工的に水をためた所、自然の土地のくぼみに水のたまった所」というふうに場所のほうに注目している。つまり、物質ではなく空間的な概念である。

このちがいに心を留めながら、サイデンさんが「古池」の英訳として苦心の末考えついたのは

the quiet pond

だった。文字通りには「静かな池」である。ここで、「へえそんなものか」とただ驚いているばかりでは能がない。ふだん使い慣れているはずの日本語をもう少し深く考えてみよう。

そもそも「古池」とはどういうものか、『広辞苑』にもこのことばは出ていて、「古くからあった池。古びた池」とある。「古くからあった池」とはねえ。新しく天災地変で生まれた池、人工の溜池、貯水池を別として、池はたいてい古くからある。しかし、たとえばわが家にほど近い井の頭池を誰が「古池」と思うか。「古井戸」だの「古女房」だのは長い年月を経ていることからまさに「古くからある」があたっているが、池についてはいくら古くからあっても「古池」とは言えないだろう。

「古びた池」はどうか。だいたい「古びる」とは「古くなる。古くさくなる」の意で、使い古したり、時代に合わなくなったりのイメージで、池がまるで品物のように扱われている。れっ

きとした辞書でもずいぶん妙な説明をするものだ。

そこで辞書は一まず脇へどけて、われわれ自身の感覚を頼りに、「古池」といわれてどんなものをイメージするか振り返ってみよう。それはまずこんなところではあるまいか。周囲を木に囲まれ、世の喧騒から離れてひっそりたたずんでいるような池。むずかしい熟語でいえば「幽邃(ゆうすい)」があたるかなと、ふと思いついて、逆に「幽邃」を『広辞苑』でひいてみると、「景色などが物静かで奥深いこと」とある。まさにそれではないか、そしてサイデンさんの quiet が的を射ていることに思いいたる。

ここでもうひとりの外国人の感覚を紹介しよう。わが師にして同僚の、最近亡くなったピーター・ミルワード師が言葉のもたらす感情・連想の重要性を論じながら、"lake" という言葉を耳にしたときにどんな感じを持つか、次のように語っている。(lake は pond より大きいだけで、その間に本質的なちがいはない。)

"lake" という言葉にまつわるわたしの連想・感情ということですけれど、何か暗くて深いもの、とでも言えばいいのかな——それに神秘に満ちたものという感じもある。わたしなりにたとえて言えば〈目〉ですね。この水気を帯びた物質を頬や額、睫や眉毛が取り囲む。それらは言わば顔の丘や森というわけです。わたしたちは目を通して人の心の隠された奥底を覗き込む。目は心の窓と言うように。そして湖に大地の秘密を覗き見る……

（P・ミルワード著、別宮貞徳監訳『英語感覚の秘密』日本翻訳家養成センター）

湖（池）に目を連想するとはおもしろい。もちろん連想というのは主観的なもので、人によってそれぞれちがい、ミルワードさん自身もここで述懐しているが、これはミルワードさんひとりのことかもしれない。しかし、とにかくこういう感じ方もあるわけだし、そこに不自然さなどまったくない。

さらにおもしろいことに、ミルワードさんは、lake（pond）に、別に古くはなくても日本の「古池」と同じものを感じている。「何か暗くて深いもの――それに神秘にみちたもの。」そこには言葉として出てはいないが、明らかに「静けさ」が汲みとれる。まさにこれ「幽邃」ではないか。

サイデンステッカーさんは「古池」を the quiet pond と英訳した。それに続く部分まで入れれば

The quiet pond
A frog leaps in

The sound of the water

そして、「これよりいい訳はちょっと考えられない」とした上で、さらに言うには

それでも原作の意味は失われて、物理的なものだけが残ってしまう。そして「古池や」の「や」が現わしている、呼びかけるような、また自然にとけこんだような感じはなくなってしまっている。「かわず」は生物学的な「かえる」になってしまっている。そして全体として、水の音があたりの静寂を破り、それがかえって静寂さを印象づけるという余韻はない。

（前掲書）

この最後の文こそこの句の核心ではなかろうか。一言で言えば、音がかもし出す静けさ。カエルがとびこんだチャポンというかすかな音。それさえもはっきり耳に届くほどあたりは静まりかえっている。これは芭蕉のまた一つの名句

閑(しづか)さや岩にしみ入(いる)蝉の声

にも通じるのではないか。「佳景寂寞(じゃくまく)として、こころすみ行(ゆく)のみ覚ゆ」と書き記された立石(りゅうしゃく)寺の山中は、「松柏年ふり、土石老(おい)て、苔なめらか」――「古池」もそうではなかったか。「物

の音きこえず」「閑」なればこそ、蟬の声が岩にしみ入るように聞こえただろうし、それで一段と「閑さ」が身にしみ「こころすみ行（ゆく）」のを覚えただろう。「古池」の「蛙飛びこむ水のおと」がそうであるように。

と思うまま、専門家がこの句をどのように解釈しているか知りたくなって手元にある参考書を開いたのだか、一読、驚きに言葉を失った。

> 幾時代かの夢の跡をとどめ、古池が森閑と静まりかえっている。蛙鳴（あめい）も聞えそうな晩春の一日、その蛙鳴はなくて、ただ一匹、蛙がぴょんと飛びこむ水音だけが聞えてきた。「古」には人間の栄枯盛衰の諸相が暗示されており、「池」には天然の湖沼・川沢とは違った人工的造営物特有の文化の匂いが纏綿している。そんな「古池」の濃（こま）やかな詩情を「や」という切字はゆったりと受け止めている。そこへ突如「蛙が飛ぶ」というユーモラスなイメージと、長閑（のどか）な「水の音」を提示して、読者を名状しがたい一種の苦笑いの世界へ誘うというのが、一句の仕掛けである。しかし、その微苦笑もやがて冠「古池や」の閑情に吸収されていき、苦笑いが消えかかる、まさにその一瞬にこの句の本然の姿がきらりと光って見えるといえるかもしれない。
>
> （日本の古典をよむ。『おくのほそ道、芭蕉・蕪村・一茶名句集』小学館）

なんというちがいだろう。そもそも「古池」について著者が具体的にどんなイメージを抱いているのか、説明がちぐはぐでまるで見当がつかない。最初の「幾時代かの夢の跡をとどめ」で、つい「兵共（つはものども）が夢の跡」を思い浮かべ、そのあと「古」は人間の栄枯盛衰の諸相を暗示している、とあるのを見て、ますますこれは義経から藤原三代ゆかりの平泉かと納得し、「森閑と静まりかえった」中尊寺あたりに想が飛ぶのだが、残念ながらその近辺に池はない。少し離れた同じ平泉の毛越寺（もうつうじ）庭園には池があるが、「森閑」にはほど遠い。

そして、「池」には天然の湖沼・川沢とは違った人工的造営物特有の文化の匂いが纏綿云々のくだりで、思わず息をのんでしまった。「造営」とは寺社・仏閣など建物にしか使わないだろう。まさか池を造営するとは言うまいが、それは「造成」をうっかりまちがえたのだとしても、どうして池を人工ときめつけるのか理解に苦しむ。名所・旧蹟・景勝地、日本中名あるところはどこへ行っても池がつきもののような感じがする。ほうぼう旅をしてお目にかかったものは相当な数にのぼるが、だいたいが自然にできた池だった。もちろん人工のものもある。まわりを石垣で囲み、橋を架け、木を植え、丘を築き、休み所を設け……しかし、「人工的造営物特有の文化の匂いが纏綿している」とはどういうことだろう。

かりにそれが英語のartful、つまり「技巧に富んだ」「工夫をこらした」というような意味合いなら、よほどのものを別としてそんな池は思いあたらない。

よほどのものとはたとえば京都の蓮華寺の廻遊式庭園などがそうで、それこそ自然を模しながら人工の極を尽くして、まことに美しい。たしかに文化の匂いがまとわりついて離れない、と言えるかもしれない。しかし、およそ芭蕉が好んで足を運ぶようなところではなさそうに思う。芭蕉は自然の中に溶けこむことを喜ぶ人ではなかったか。

次なる驚きは、「蛙が飛ぶ」がユーモラスなイメージだということ。動物はそれぞれがさまざまな連想や感情をもたらすもので、カエルはその体型といい、顔つきといい、おかしさ、こっけい味の点では最右翼に属するかもしれない。マンガの材料にもよくなる。しかし、年がら年じゅう道化役ばかり演じているわけではない。柳の葉に跳びつく蛙を見て、小野道風は笑っただろうか。

さらに不可解なのは、「読者を名状しがたい一種の苦笑いの世界に誘う」。「苦笑い」とは「苦々しさをまじえた笑い」。「苦々しい」とは「はなはだいとわしい、非常に不愉快」である。何が不愉快なのだろう。どうにもお手あげの感じだが、強いて推測すれば、「古池や」でしんみりしたところへ、ふざけたものを持ち出され、「なに、それーっ」と気分をそがれたのが不愉快なのか。釣りではないが「蛙のとびこみ」というルアー（英語で「さそいこむ、おびきよせる」の意）にひっかかって、そっぽを向かされた「やられた」のくやしさなのか。ともあれ、そこからふたたび「古池や」の「閑情」（見たこともない造語）に立ち帰るのが、この句のミソであるらしい。

俳句の受け取り方、感じ方は人さまざまで、それも結構にはちがいないが、そうか、こういう受け取り方もあるのかという驚き、あるいは、へぇ、そうなの！という感嘆符つきの思いは消えそうにない。

パロディ句

古井戸に蛙飛びこみ見ずや海

言うまでもなくこれは「井の中の蛙大海を知らず」を踏まえている。井戸の中に飛びこんだカエルはそのまま海を見ずに、つまりは知らずに終わるんだなあ、の意。

西宮に住んでいた頃、一帯は小高い分譲地で、今とちがって住宅事情がきびしくなかったから、ここかしこに点々と空地が残っていた。中には井戸がそのまま放置されているところがあって、枠もふたもなく落ちると危ないから四方を鉄条網で囲ってあったが、草がぼうぼうと生い茂り、まさに古井戸というのがぴったりだった。実際に犬が落ちて助け出すのに大騒ぎしたこともある。

そんな古井戸に蛙が飛びこんだとして、その蛙の身になって、どんな気がするだろう。「大海を知らず」なんて、陸（おか）でつつがなく暮らしていてもどうせ海など知りっこないのだから、井戸の中でもその点変わりはない。しかし、地上にいれば、四方八方どこへ行くのも思うままだし、「海は広いな、大きいな」とは歌えなくとも「空は広いな、大きいな」とは歌える。井戸の中ではそうはいかない。動けるのは直径約一メートルの空間、いや平面。見上げれば同じく直径一メートルの空。青くなったり、白くなったり、灰色になったりはするが、これはまるで「葭の髄から天井のぞく」のたぐい「井戸の底から天上のぞく」である。

しかし、逆にこうも言えるのではないか。「地上の蛙井の中を知らず。」井戸の底は暑からず寒からず、一年中快適気温で、冬眠なんて面倒なことはしないですむ。おそろしいヘビはいないし、棒を持ってつつきにくる悪ガキもいない。蚊その他虫ケラが入ってくるから、なんとか食っていける。仲間とすったもんだやることもない。いざこざもない。そんな狭苦しいところにいて退屈ではないかって。とんでもない。頭の中は広くてしゃんとしているから、考えることが山ほどある。それに空は直径一メートルの範囲しか見えないけれど、その部分については細かいことまで誰よりもよくわかっているかもしれない。

なぜこんなことを書くかというと、このぼくが井の中の蛙みたいなものだからである。日本から外へは一歩も出たことがない。「異国の土にまみれず」なんて気取っているが、要するに住み心地のいい日本を離れて、不慣れな外国へなど別に行きたくないし、面倒でもあるからで、飛行機が大きらいで金輪際乗りたくないということもある。半世紀以上前にプロペラ機とジェット機に一度ずつ乗って国内を旅したことがあったが、あまりのつまらなさに愛想が尽きた。こわいとは思わないが薄気味悪くはある。そして、専門とする諸外国語、その文学の研究は日本にいたって十分にできる。それ以上のものを得ようという野心はさらさらない。

もう一つの気取り（?）は「パソコンの害毒に染まらず」。もともと理系だからこの手のものは決して苦手ではないのだが、なんとなく気が進まないでいるうちに、世の中はあれよあれよと急激な進歩発展を遂げて、こちらははるかに遅れをとることになってしまった——いや、あえて遅れている、と言うべきか。この原稿も四角います目を手書きで埋めている。ネット社会にはまるでなじみがなく、チンプンカンプンのカナ文字やアルファベット用語が飛び交っているのに疑惑の目を向けるばかり。おかげでへんな事件に巻き込まれずにすんでいる。ケータイは持ってはいるが、家族間の通話とメールのみで、電話番号は誰もひとには知らせていないから、どこからもかかってこない。自分でも何番だかおぼえていない。仕事用にファクスだけは活用している。（あ、そうだ、「ファクス」ってもとは何語でどういう意味か知ってますか?）

車の運転はできないし、当然持ってもいない。（息子がまだ家にいた頃にその車のためにできていたカーポートは、今、コンクリートをひっぺがしてバラ園になっている。）コンビニには、今までやむを得ぬ買物で数回しか入ったことがない。スーパーも同じ。ただしデパートの地下がスーパーになっているところは別。食いしん坊だからデパ地下にはよく出かける。カップ麺を食べたことなし、回転ずしも食べたことなし、ファミリーレストランも居酒屋も行ったことなし。自動販売機もほとんど使ったことがなく、操作方法も説明を見ないとわからない。テレビ番組は、積極的に見るのはサッカーとＮＨＫのニュース、気象情報。ほかはついているのをたまたま見るだけ。

まるで別世界の人間とも思われよう。それでもちゃんと生きている。井の中の蛙も案外こんな暮らしを送っているのではなかろうか。

〔クイズ 12〕
本文中にありましたが、「ファクス」はもともとどういう意味でしょう？

脳の髄から緊張（テンション）除く

——葭の髄から天井のぞく

「葭」はヨシともアシとも読み、もともと葦（アシ）だったものを、「悪（あ）し」に通ずるから縁起をかついで葭（ヨシ）（善し）にしたとか。日本は豊葦原瑞穂国だから葦（葭）は国の象徴のようなものだろうに、今どきの若者はヨシと聞いてもどんなことか、どんなものか、見当がつかないかもしれない。昔は——今でもあるか——葭を並べて編んだ葭簀張りが、八百屋の店先などに品物に日が当たらないように立てかけてあった。竹を細くしたような植物で茎が中空になっているが、それを望遠鏡みたいに覗くような酔狂な人はいないだろう。もちろんかりの話で、それを天井に向けて覗いたとしても、何しろ細いから見える部分は僅かしかない。つまり、この句は、狭いところに閉じこもって広い世界についてまちがった判断を下すたとえで、「井の中の蛙大海を知らず」にひとしいことになる。「井戸の底から天空覗く」のほうが、「葭の髄」の奇想天外より実想天内、よほどピンとくると思うがどうだろう。

話変わって、もう何十年も前のことになるが、時の英国皇太子チャールズの議会での演説が世界中の話題をさらった。皇太子はそのとき「わたしは歴史上もっとも古い職業の一つについております」と切り出して、満座を爆笑の渦に巻きこんだと言われる。

また話が変わるが、梅原猛は『笑いの構造』（角川選書）の中で「おかしさ」を「異なった意味または価値領域に属する二つのコントラストにより起こる価値低下の現象」によって説明している。これでは抽象的でなんのことやらわからないから、具体的な例をあげれば――たとえば子どもが転んでも、われわれは別に驚かないどころか、むしろありそうなことと思う。つまり、子どもが属する意味領域は、転びそうな人という意味領域とそれほどちがわない。従って、異なる意味領域によるコントラストは起こらない。しかも、子どもはまだ価値のある人間とはいえない。こういう価値の未成熟者が、転ぶ人間という価値のない人間になっても、価値の低下は起こらない。コントラストも価値の低下も生じなければ、おかしさも生じない道理である。

ところが、おとなが転べば驚く。おとなが属する意味領域と、転びそうな人間が属する意味領域がまったく異なっていて、そこにコントラストが生まれる。しかも、おとなは価値のある人間で、それが転ぶ人間と化すことによって価値の低下が起こる。気どった紳士や着飾った娘さん、ご婦人なら、つまり、自分の価値を他人に見せつけようとしている人なら、価値の低下はそれだけはげしい。ここでは、コントラストも価値低下も生ずるから、おかしさが生まれる。

　この理論をチャールズ皇太子の演説にあてはめると、それがおかしいわけは、まず、歴史上もっとも古い職業という共通項によって、王室と売春婦を結びつけ、意味のコントラストができあがっていること、しかもこの二つの価値の差がとてつもなく大きいことにある。そして、もう一つ見のがしてはならないのは、チャールズ皇太子は自分自身を滑稽に戯画化して、皇太子というりっぱな肩書きがついていても別に特殊な人間ではなく、一般庶民と同列であることを示したわけだが、そのときに決して露骨な言葉は使わず、巧妙なレトリックで表現したことである。

「わたしは歴史上もっとも古い職業の一つについております」は、だれにでもわかるものではない――どころか、相当むずかしくて、ふつうの日本人には絶対にわかるまい。「最古の職業」英語で the oldest profession といえば「売春」を意味する。その慣用句があってのジョークだから、それを知らない人には通じっこないわけである。かりに皇太子が「わたしは売春婦と本質的に同じ人間であり、職業も売春と同じ歴史の古さを持っております」と言ったとすれば、その言明はふつうのおとなならだれにでもわかる。だれにでもわかるかわりにおもしろくもおかしくもない。

ジョーク、言いかえればユーモラスな冗談が十分に効力を発揮するためには、それを口にする人と、それを理解する人と、それが通じない人の三人を必要とし、ユーモアを味わう人の楽しみは、それを理解できない第三者の存在によって倍加されるといわれる。たしかにその通りだろう。誰にもわかりきったことはつまらない。少しでも頭を使うことでないとおもしろくないのである。子どもたちを集めて、「カバの反対なーんだ」と言っても、「なんだ、バカみたい」とそっぽを向かれる。そこで「じゃあ、アフリカゾウの反対は？」ときくと、とたんに真顔になって、宙をにらんだり、額にしわを寄せたり、いちばん先に答えようと知恵をしぼる。

ジョークも同じで、わからない人がひとりもいない、わかりきったジョークは冗句とでもいうか、つまるところつまらない冗談。バカバカしいこと言うなとバカにされるのが落ちである。

ところが、ユーモアを理解できない人、冗談が通じない人の存在が欠かせないといっても、そういう人が圧倒的に多くなると、それを味わう楽しみが倍加するどころか、うっかり冗談も言えない雰囲気におちいってしまう。そして、はなはだ残念なことに、日本の国民は、冗談を許さない硬直した雰囲気がたいへんお好きなようで、天孫降臨以来の緊張(テンション)民族とよく言われる。

日本人にはジョークが通じないことを、昔、大学に勤めていたころ、外国人教授がよく嘆いていた。「日本人に対しては、ジョークにも脚注をつけないといけませんね」と。これまたアカデミックでユーモラスな冗談で、学術論文には随所に脚注をつけて内容の理解を助けるのが常道になっているのを踏まえているわけだが、それを聞いた人が「脚注をつけるって、どこへどうつけるんですか」とき返しかねない。そこで、「脚注をつける」にまた「脚注をつける」とすれば、「これはジョークで、《その意味はかくかくしかじかと説明をつけるということ》」となろうか。相手は説明してやって初めて笑ってくれるのだが、ジョークを言ったほうにしてみれば、そんなところで笑われても、かえって話す意欲が失せるばかりだろう。

ユーモアと数学の類似を論じた、その組み合わせ自体はなはだユーモラスな本に、ユーモア(しゃれ)がわかるということについて次のように書かれていた。

> ユーモアを解するには大局観が欠かせないとよく言われるのは、高次のレベルまで心理的に一歩さがる(ないしは)一段昇る必要があるということだろう。教条主義者やイデオローグ、その他単眼思考の輩が名うてのユーモアおんちであることも、それで納得できる。一つの系、つまり一つの法則群に支配されるままに生きている人は、言ってみれば、その系の対象レベ

ルにはまりこんで動きがとれなくなっているのである。党の政略路線をぶちあげる革新政治家にせよ、つまらぬ規則をむやみに強要する小役人にせよ、みな自分自身、そして自分の属する系の外に足を踏み出す能力に欠けている。ジョークがわかるというのは、とりわけ人間的ないとなみであって、そのジョークの各部の相対的重要度を瞬時に見きわめ、微妙な意味のニュアンスを比較考量し、おもてにあらわれていない関連や趣向を察知し、さらに、これらすべてをしかるべき脈絡の中に布置して、全体的な状況をつかむことが求められる。

（J・A・パウロス）

頭の固い人は頭が痛いことだろうが、たとえば数学という系の中では「円」はマル、金融という系の中では「円」は¥を意味しているのに、それぞれの系にはまりこんで外に出られない人は円（マルと¥）を使ったジョークがわからない、ということがここで言われている。

チャールズ皇太子の演説に話をもどすが、かりにあのユーモラスな冗談を、日本の国会で誰かが口にしたらどうなるか考えてみよう。当人はたちまち轟々たる非難の的となる。国会という神聖な場で何たることを言うのか、皇室を冒瀆し、議会を冒瀆し、ひいては日本を冒瀆し、民主主義を冒瀆する所業である、このバカ者め、と蜂の巣をつついたような騒ぎになり、一か月間といわず新聞雑誌の論説、コラム、投書欄はこの問題で持ちきりになること疑いない。

別に議会に限らない。会社でも役所でも学校でも家庭でも、どこでもそうである。何ごともまじめに真剣にやらなければいけない。よく学び、よく遊べ――よく遊べとは、一所懸命、一意専心、一心不乱、誠心誠意、心をゆるめずまじめに遊ぶことで、従って、野球であろうと何であろうと、球道一路の修業の道で、禅寺へこもって座禅を組むようなことになってしまう。ストリップショーにまで「まじめにやれっ」と声がかかるとか。

「キリンの首はなぜ長い。」答は「頭が高いところについているから」というナゾナゾがあって、小学生がこれはおもしろいと、家へ帰ってお母さんにそのナゾナゾを出したら、「お母さんをばかにするとは何ごとですか、ふざけるんじゃありません」と叱られたという話を聞いた。ありそうなことではないか。

しかし、まじめなことはまじめにやるばかりが能ではなくて、まじめなことをふざけてやる人がいても一向にかまわない。ふざけてやるほうがだいたい結果はいいものである。G・K・チェスタトン、十九世紀末のイギリスのこの文豪は、天才的な、巨人のごときユーモリストだった。いや、巨人のごときではない。正真正銘巨大な人で、その遺体を収めた柩は、階段が通れず、やむなく窓からロープで吊りおろしたとか。死んでもユーモアを忘れなかったおもむきがある。その彼が実にいいことを言ってくれている。「ふざけ」は「まじめ」の反対ではなくて、「まじめ」の反対は「まじめでない（不まじめ）」、「ふざけ」の反対は「ふざけていない」である。

ふざけてやるほうが得てして結果がいいのはなぜかというと、これはユーモアの本質にかかわることで、ユーモアは自分自身と対象を客観的に眺めることを可能にする。何ごともあまり密着していては、その全貌をとらえることができない。前に「大局観」が大切という言葉も出

なく、まさしく内容不まじめ、冗談など薬にしたくもない。

むきだと、かつてイギリス人の同僚から聞いたおぼえがある。日本の政治家の質問や答弁は、やたらに難しい言葉を使ってはぐらかしたり、論点をずらしたり、中味があるようでさっぱり

など言葉遊びをまじえていて、聞くほうもどこで何が出てくるか待ちかまえているようなおも

まじめにやれ」と怒られそうな気がする。政治家にしても、イギリスではスピーチの中に頭韻

葉遊びが結構ちりばめられていて、日本でこんなことをすれば、それこそ「ふざけんじゃない、

いや、待てよ、外国の学術論文、あるいは学問的な内容を持った一般書を読むと、冗談や言

容不まじめでやり方ふざけなしだと言う。

をまじえながら伝えるのが最上、学者は得てして内容まじめでやり方ふざけなし、政治家は内

やり方がふざけていない人もいることになる。チェスタトンによれば、まじめなことをふざけ

ていない人もいるし、内容が不まじめで、やり方がふざけている人もいれば、内容がまじめで

えると、内容がまじめでやり方がふざけている人もいれば、内容が不まじめでやり方がふざけ

冗談、ジョークはふざけではあっても不まじめとはいえない。そこで内容とやり方について考

てきた。芸術では、よくディタッチメント、つまり、対象との間に一定の距離を置くことの必要が説かれるが、離れてこそ全体のパースペクティヴを的確に、つかむことができるというものである。物ごとすべてかくのごとしで、甲論乙駁、かんかんがくがく、みな頭へ血がのぼって議論の収拾がつかなくなったとき、誰かが口にした巧まざるユーモアのおかげで解決の糸口が得られるのは、よく経験されることではなかろうか。

学者にせよ、政治家にせよ、いや広く一般大衆にせよ、ふざけを許さないのは頭の中がこり固まって、いつも緊張しているせいではないか。余裕がない。遊びがない。遊びがないから切れやすい。

「天孫降臨以来のテンション民族たるわれらの脳の髄から緊張(テンション)を除く」ようすすめるゆえんである。

〔クイズ 13〕
ハムレットのせりふ To be or not to be, that is the question. は「このままでいいのか悪いのか、それが疑問だ」という日本語になっています。では次の文章を日本語にして下さい。（頭を軟らかくして）

① To be, to be, ten made to be.
② Come to take COME TO TAKE.

酒(しゅ)に交われば赤くなる

——朱に交われば赤くなる

「朱に交われば赤くなる」をある辞典で調べたら、「朱も赤も同じような色。朱色のものに交われば（自分も同じ）赤色になる。云々」と説明されていた。これはまたなんたる間抜けな説明だろう。「冷っこいものにさわれば手が冷たくなる」と言っているようなものではないか。有意な言明としては、たとえば「氷にさわれば冷たい」のような形をとらなければなるまい。つまり「AはAなり」はあたりまえ。「AはBなり」ではじめて意味をなす。基本的にはBが性状ならAは物質である。「朱に交われば赤くなる」の場合、朱はここでは色ではなくものを示している。といえばすぐわかるだろうが、赤い色の顔料で化学的にいえば硫化水銀。印肉などによく使われている。（もっとも今では赤インクのほうがふつうかもしれない。）朱肉のほか朱を固めた朱墨もあって、習字の先生は、朱墨をすずりですり、それで生徒の書いた字を直していた。そのことから、校正のときの原稿修正も、実際には朱を使っているわけではないのに「朱を入れる」と言ったものである。

「朱に交われば……」つまり、朱肉や朱墨にさわれば指が赤くなるが、酒に交わっても顔が赤くなる——いや、赤くならない人もいるが、ぼくは「酒に交われば赤くなる」、それもたちまちのうちに。とにかくアルコールには滅法弱い。友人とレストランで食事をするとき、向こうは食べる間にワインを白だの赤だののうまそうに飲んでいるのに、こちらは金魚みたいに水一辺倒なのはなんとなく子どもっぽくて情けない。フランス語に堪能なその友人が

「Poisson（ポワソン） sans（サン） boisson（ボワソン） est（エ） poison（ポワソン）.（酒抜きの魚は（体に）毒）」

と有名なしゃれた格言でからかうのに対し、

「酒抜きの酒菜（さかな）は菜っぱだろ。毒にはならない」と応ずると、

「毒にも薬にもならない。」

「ビタミンC豊富だから薬にはなるさ」

と突っ張ってはみたものの、心理的にはやはり毒だな、と不調法が身に、いや心にしみるのである。

かつてはまるきりだめでもなかった。高校大学時代は、コンパや仲間同士の集まりで、無理して飲んでは気分が悪くなってトイレへ駆けこんだり、眠りこけて散会したのも知らず、そのまま友人宅で朝まで寝てしまったり、いろいろ恥ずかしい思いもした。成人してからは、なんとか強くなろうと修練（?）を重ね、自宅で毎晩ワインかビールを少したしなむようにはなった。

ほんとうにほんの少しで、ワインならぐい呑みに二、三杯（グラスは使わない）、ビールはコップに二杯きりである。日本酒とウィスキーは、どういうわけか咳きこんで、まったく体が受けつけない。ワインは一瓶あけるのに結構日数がかかるから、しまいには少し変質してしまう。この程度のくせに、ワインを扱う酒屋となじみになったり、いっぱし通ぶって、ボージョレよりマコンのほうがいいとかなんとか友だちと意見を闘わせたりしていた。ところが年とともに、もともとそう好きで飲んでいるわけでもなし、あれやこれや面倒でもあるし、Poisson（ポワソン） sans（サン） boisson（ボワソン） でもうまさに変わりはないと悟りもするしで、わずかの量も口にしなくなるうち、ほんとうにまるっきり飲めなくなってしまった。近ごろはレストランへ行くと、甘いソフトドリンクは食事に合わないので、水だけじゃつまらないときにはドライのジンジャーエールにするのが定番になっている。

日本人は欧米人にくらべて、なんとか酵素の関係でアルコールに弱いのだそうだ。かつて勤めていた大学はカトリックで、教授陣に外国人聖職者が大勢いたが、宴席を共にしたときなどみなさんほんとうに酒に強かった。笑い上戸に泣き上戸、飲んだあと外見に変化が出る人が多いものだが、そんなことは全然ない。ほんのちょっとも赤くならない。ふだんと同じように同席者と座談を楽しんでいる。

こんな話をすると、えっ、カトリックの聖職者でもお酒を飲むんですか、とびっくりする人がいたのにはこっちがびっくりした。司祭はミサの間に聖体拝領で葡萄酒を飲むから、アルコールを受けつけない人には司祭は勤まらない。だいたいカトリックは戒律（規則）がきびしいと思っている人が多いようだが、それはとんだ誤解で、日常の生活についてはむしろプロテスタントのほうがきびしいのではなかろうか。禁酒運動などですったもんだやるのはプロテスタント・アメリカの専売で、ヨーロッパのカトリック国では考えられもしない。名だたるワイン生産国でカトリックのフランスにアルコール依存症が多いというのが、そのためかどうかは知らない。

日本人はアルコールに比較的に弱いといっても、飲む人のパーセンテージはどうなのだろう。周囲を見回すと、いちばん親しい仲間七人組のうち早逝したふたりは、いずれも酒豪だった。そして両人とも癌だったが、酒が災いしたわけではなさそうである。残りのうち全く飲めないのが、ぼくを入れてふたり。ほかはみな相当な強者（つわもの）で、それもそれぞれ特色がある。いっしょにリゾート地に旅したときなど、ひとりは朝から晩まで何かにつけ自動販売機で缶ビールを買っては飲んでいた（先年病没）。ひとりはチェックインの前にまず酒屋で焼酎を一本仕入れておいて、部屋でちびりちびり。もうひとりはなんでもござれ、どこでもござれのオールラウンダー。なるほど料理と同じで酒にも好みがあるのだな、と下戸ふたりは感じ入って眺めるばかりだった。

　家族はどうか。父は強かった。家で夕食をとるときは、まずは酒ということが多かった。ほとんど洋酒でウィスキーかワイン、夏はビールである。たまにコニャックやアルマニャックを専用のグラスで香りを楽しみながらちびりちびりやっていることもあった。父親が飲むおかげで、こちらも不肖の子ながら、オールドパーとか、キングオヴキングズとか、ジョンへイグディンプルとか、銘柄だけはいつとはなしにおぼえてしまった。

　仕事で渡欧したときなどかなりの数の日本で手に入らないワインを仕入れて帰ったようである。ボルドーよりブルゴーニュのほうがお好みだったが、ブルゴーニュは船便でインド洋を航行する間に変質しやすいんだと残念がっていた。国産のワインも結構ひいきにしていて、とりわけサドヤに一目置いていたらしい。そこの製品のラベルにアルプスの名峰マッターホルンが描かれており、その上にMon Cher Vin（モン シエール ヴァン）（わたしの愛するぶどう酒）と印刷してあるのを見て、「なるほどねえ」と感心している。マッターホルンはフランスではMont Cervin（モン セルヴァン）と呼ばれるそうで、ひょっとして語呂合わせか、というわけだった。

　この父親の子ども四人は全員不肖。そして不肖の子たるぼくの子ども四人はどうかというと——いちばん上はちょっとたしなむ程度。とはいえレストランへ行くと、おやじ尻目にさっさとグラスワインを注文する。中のふたりはまるでだめ。ところが末の娘だけが相当いける口であるのに驚く。これぞ隔世遺伝というものか。編集者だから仕事上全然飲めないのはまずいかもしれないが、たまに実家に姿を見せるときには欠かさずスパークリングワインをぶら下げてくる。心配症の母親が、アルコール中毒になるんじゃない?と言うと、「自分の分量はちゃんと心得ています」ときっぱり答えが返ってくる。

女性が男性に伍してビアガーデンで楽しくジョッキをかかげ、バーでしんみりグラスを傾けるのは大いに結構なことで、こちらはどうぞみなさん元気でやってくださいと願うばかりだが、一つだけ大事な忠言をさしあげておきたい。またまたチェスタトンの登場だが、彼がこんなことを言っている。

酒は楽しいから飲む。悲しいから飲むものではない。酒がなければみじめなときには酒を飲むな。酒がなくても楽しいときに酒を飲め。酒が必要だからというので飲んではいけない。それは合理的な飲み方で、死と地獄への道である。必要でないから飲むのがいい。それは非合理的な飲み方で、古来世界の健康の源である。

これはどういうことか。悲しいときに悲しいからといって酒を飲んでも、酔いで一時的に悲しみがまぎれるだけ。悲しみの根源は残ったままで、酔いがさめたら悲しみは増すばかりだろう。酒を必要とする、飲まずにいられない、というのは、すでに依存症というほかあるまい。必要とするというのは、理由があるからで、その理由に則している、理にかなっているという意味で合理的である。必要でないのに飲む、つまり、飲む理由がない、何か理に合わせて飲むのではない、その意味で非合理的である。要するに、楽しいから飲む、好きで飲む——これが大事なのだ。好きというのには何も理由がない。好きだから好きと言うしかない。

斎藤茂太さんがあるときおっしゃっていた。「どうして乗り物が好きかって言われても困るんだけど……」まったくその通り、乗り物であれ食べ物であれ、その他なんでもすべて同じである。早い話「なぜ奥さんが好きなのですか、どこが好きなのですか」ときかれても、ほんとうのところ、返事のしようがないだろう。「美人だから」と言えば、ほかにそれ以上の美人はごまんといるのに、なぜそちらと結婚しなかったかということになる。「頭がいいから」と言えば、世間にはノーベル賞をもらった女性学者もいるし、「料理がうまいから」と言えば、テレビには大勢料理の先生が出演していて、「じゃあ、その人たちのほうが好きか」と逆ネジを食うし、「こういうことすべて兼ねそなえているから」と言えば、これらすべてをあわせ持ってなおお釣りがくる人がいるだろうし……どんな理由を持ち出してもほんとうの理由にはならない。それどころか、だいたい妻が美人でもなく、頭がよくもなく、料理が大してうまくないことを認めた上でなお愛しているのがふつうだろう。なぜ妻が好きなのか。要するに好きだから好きなのだ。

酒も好きだから好き、好きだから飲む、それで結構。何か理由や目的をこしらえて、あるいは持ち出されて飲んだらろくなことはない——地獄行きとまではいかないにしても。

食べるのも好きだから食べる、好きなものを食べるのがいちばん。それでこそ体に栄養になり消化もいいだろう。好きなものばかり食べていたら偏食になるからだめじゃないか、とおっしゃるかも。もちろん。だから嫌いなものも好きになれるようになんとか工夫するのが必要なわけ。仕事もそうである。好きだからする。好きなことをする。それでこそいい結果が得られる。言うまでもなく、世の中、いやなこと嫌いなことはたくさんあって、それをやらなければならないのが人生だろう。どうすればいいか。食べ物と同じで、なんとか好きになれるようにくふうする。昔、大学に勤めていたころ、入学試験の採点はくたびれるばかりでつまらないこと最たるものだった。朝から夜まで缶詰になり、分担して点数をつける。同じ問題を何百枚、いくつか合わせて何千枚もの答案を、予め協議した基準に従って採点するわけだが、ほとんど機械的なつまらない仕事だから、一日終わるころには精も根も尽き果ててしまう。そこでなんとか興味が持てるように考えて、受験生がどんなところをどうまちがえるか統計をとりながら採点してみた。すると俄然興味が湧いてきて、思わぬ発見もあり、仕事がどんどんはかどる。その後この結果が大学での授業の参考にもなり、翻訳指導書を書く材料にもなった。

ぼくは仕事を遊びと区別することを好まない。仕事も遊びのうち、楽しいからする、おもしろいからする。そう言うと、ある人が「遊び半分で仕事をするとはけしからん」とのたもうた。それはとんでもない考えちがいである。遊びというものは「遊び半分」でできるものではない。どんな遊びにもルールがある。それも極めてきびしいもので、参加者は全員徹底してそれを守らなければ、遊びは成り立たない。昔の子どもはごっこ遊びが好きだった。地面に家の見取図を書いて、ここが玄関ときめたら、何がなんでもそこから入らなければいけない。壁も仕切りもないのに通り抜けは許されない。野球のルールなどとても全部はおぼえられないくらい、一冊の本にまでなっている。しかし、知らないではすまされない。総理大臣だろうとノーベル賞受賞者だろうとストライク三つとられれば三振である。いい加減な遊び半分では試合にならない。

逆に、ほんとうは遊びのはずなのに、実質遊びではなく、難行苦行の仕事と化していることがいかに多いか。近所の何さんがやっているから、負けていられない、自分もやる。上司のおつき合いだから、いやでもゴルフに出かける。リフトの券が残っているから、がんばってもう一回上まで行かないと損だ。こんなふうに損得や効率が問題になっているのは、遊びにして遊びにあらず。遊びは合理で動くものではない。

酒を飲むのも同じである。理屈は抜き。赤くなろうがなるまいが楽しんで交わるがよし。

〔クイズ 14〕

酒には醸造酒と蒸溜酒があり、原材料もさまざまです。次の酒はそのどちらか、また主原料は何かわかりますか。

テキーラ、シェリー、アルマニャック、ウォトカ、ラム、紹興酒。

鰻おいしい蒲焼き
小鮒釣って柳川
兎追ひしかの山
小鮒釣りしかの川

誰ひとり知らぬ者はない小学校唱歌「ふるさと」――「兎追ひしかの山　小鮒釣りしかの川」――は、歌ではなく詩として、日本語では非常に珍しいリズムを持っている。そのことはほとんど人の意識にないだろう。

それを説明するためには、まず日本語の詩歌のリズムはどうなっているのか、そもそもリズムとは何なのかをはっきりさせておかなければならない。

リズムとは非常に定義がむずかしいのだが、とりあえず同じパターンのくり返しと考えて大過ないだろう。（スポーツなどではずいぶんいい加減な、また見当ちがいな使い方がされている。）そして、古典語（ギリシア語、ラテン語）では母音の長短を、近代ヨーロッパ語ではおおむねアクセントの強弱を素材にパターンが作られるのだが、日本語には母音の長短もアクセントの強弱もない。ところが音節の長さがすべてひとしいという特徴があるので、音節の数を素材としてパターンが作られることになった。

なるほどそれで日本の短歌の五七五七七というリズムができたのだと納得されては困る。とんでもないこと。五七五七七と音数だけ定めて、いったいどこに同じパターンのくり返しがあるか。音数を指定された句を五つ並べるだけでそれをリズムというなら、六三六三五でも三四五六七でもリズムと言っていいことになる。「五七五七七のリズム」などと無反省に口にしてはならない。

しかし、五七五七七の短歌にせよ、それを短く縮めた五七五の俳句にせよ、ふだん読み慣れた口調で読んでみると、たしかにそこにリズムがあるように、つまりは調子よく聞こえる。なぜだろう。実は五字の句も七字の句もすべて読むのに同じ時間がかかっているのである。それは表にあらわれた字を読む以外に、休んだり息継ぎをしている時間があるからにほかならない。そしてその休み・息継ぎの時間は五音句では三音分(ぶん)、七音句では一音分(ぶん)で、どの句もあわせて

八音分の長さになっている。そのことは実験でもたしかめられる。たとえば、「夏草やつはものどもが夢の跡」なら

‖なつくさや・・・|つはものどもが・|ゆめのあと・・・‖

というぐあい。ただ、休みの位置は意味や言葉のつながり方でずれる場合がある。短歌の「久方の光のどけき春の日に……」を例にとれば

‖ひさかたの・・・|ひかり・のどけき|はるのひに・・・|しづこころなく・|はなの・ちるらん‖

となるだろう。

短歌・俳句のみならず、今様の七五七五、小唄の七七七五など、われわれは字数の五と七ばかり問題にするけれども、実際は休みを入れて八で、五七調とか七五調とかいってもすべて八八調にほかならない。そして二音節をまとめて一拍と考えれば、日本の詩歌はおおむね四拍子ということになる。

短歌は五七五七七、俳句は五七五の定型ができてから、その型より字数の多いものを字あまり、少ないものを字たらずと称するようになった。これは一種の破格、変則とされている。し

かし、字あまりの場合、七が八になろうと、五が六になろうと、それだけ休みを減らせば簡単に八八調の四拍子になるわけで、その意味ではけっして破格とはいえない。九字以上のことはあり得ない。かりにあったとすれば、それを短歌、俳句と称することはできないだろう。

　字あまりはいいとして、字たらずはどうか。字あまりは古今集の全作品の四〇パーセント、小野小町にいたっては五〇パーセントという驚くほどの数字なのに、字たらずはまず見つけるのがむずかしい。なぜ字たらずがないのか、そのわけは次のように考えられる。

　字たらずとは、五音を四音に、七音を六音に減らすことである。五音は休みを三つ置くことで八音にできた。つまり、休みは一拍半、実質一拍ですむ。しかし、四音では四拍子にするためには、休みを四つ、まるまる二拍置かなければならない。それでは長すぎるのでふつうに休めば、拍数が減って四拍子が崩れる。それを嫌うから字たらずを作らない。逆に言うと、日本人はそれほど四拍子志向が強いのである。

　明治以降いわゆる新体詩が作られるようになり、森鷗外を中心とする新声社が出した『於母（おも）影（かげ）』には、訳詩ながら、五七の定型によらないさまざまな詩型の作品が登場する。たとえば、

　日はかたぶきけりあなたの峯に
ひねもすつかれしひるもねむりぬ

……

おくつきの前にふたり立ちぬ
にはとこの花は香ににほひて

……

（「あしの曲」）

前者は八七調、後者は八六調で、詳しく説明するまでもなく、それぞれ休みを加えることで八八調の四拍子になることは容易に察しがつくし、実際そのように読んでいる。新体詩と称せられるもののリズムに関しては旧態依然と言わざるを得ない。

しかし、次の作品はどうだろう。

（「あるとき」）

ともし火に油をばいまひとたびそへてむ
されど我いぬるまでたもたむとも思はず

……

（「マンフレッド一節」）

見ての通り十十調である。十十がほぼ五五六四に分かれるが、五音七音の場合のように、この五五六四も休みを置いて四拍子にしていると単純に考えるわけにはいきそうもない。実際にそんな読み方はしていない。五五六四の句の間にちょっと息継ぎをする感じだけである。これについては別の考え方をしなければならない。二音節一拍に分けるのではなく、ほぼ同じ長さで発音される複数音節のブロックに分けると、

‖ともし火に|油をば|いまひとたび|そへてむ・‖
‖されど我|いぬるまで|たもたむとも|思はず・‖
（1 2 3 4）

なるほどこれも四拍子である。

蒲原有明という詩人がいる。薄田泣菫と並び称されたといわれるが、泣菫ほど知られていないのではなかろうか。彼は上述の「マンフレッド」に見られる四六音の巧みな使用に感嘆して、四音六音を組み入れた新しい音数律をうちたてようと苦吟に苦吟を重ねた末、独絃調という四七六音からなる独特の音数律を編み出した。

たとえば、「別離（わかれ）といふに微笑（ほほゑ）む君がゐまひ、わかるるせめての際（きは）にそは何ゆゑ」で始まる詩。

これを今、単純に二音節一拍に分割するとすれば、この二行はそれぞれ十拍、九拍で、四拍単位の四拍子におさめるのは無理である。そこでブロックに切り、こころよく読めるように各行一小節の休止（息継ぎ）を入れてみると

1　2　3　1　2　3

‖別離（わかれ）と｜いふに｜微笑（ほほゑ）む‖君が｜ゐまひ｜——‖
‖わかるる｜せめての｜際（きは）に‖そは｜——｜何ゆゑ｜——‖
‖にほへる｜面（おも）わの｜罪か‖世も｜——｜ねがひも｜——‖
‖希望（のぞみ）も｜かつて｜かがやく‖その｜——｜光に｜——‖

なんとこれは三拍子である。日本の詩歌ではかつて見られないリズム、まさに画期的なこころみ——と言っても有明自身はそれが画期的であることはおろか、三拍子であることも、三拍子とはいかなるものであることも心得てはいなかった。こころよい詩型を考えついただけで、たまたまそれを解析してみたら三拍子だったということである。しかし、はっきり言って、国文学の諸先生方のどなたも多分そんなことはご存じないだけでなく、考えようともなさらなかっただろう。

ともあれ、かつての新体詩から今日の現代俳句や口語短歌にいたるまで、定型の枠を破ったと称しながら、その実、根元的な四拍子に依然としてとどまっているのにくらべれば、固い音数律にみずからを縛りながらも、美しい三拍子を編み出した蒲原有明のほうが、リズムのうえではるかに新しく現代的のような気がしてならない。

さて、ここまで説明すれば、冒頭に「ふるさと」が日本語では非常に珍しいリズムを持っている、と書いたわけもわかっていただけるだろう。

兎追ひしかの山
小鮒釣りしかの川
夢はいまもめぐりて
わすれがたきふるさと

これは字数でいえば六四調で、七五調とはまったく異質に見える。新体詩の八六調と同じ処理をして四拍子と考えるわけにもいかない。つまり、二音一拍でまとめていけば、|うさ|ぎ・|おひ|し・|かの|やま|となり、これを四拍子に読むためには、|やま|のあとに二拍の休みを置くか、|かの|と|やま|のあとにそれぞれ一拍ずつ休みを置かなければならない。いずれにせよ、それははなはだ不自然な読み方である。実際にはどう読んでいるか。単純に頭から読み流し、途中に休みなど置かないだろう。しかもそこにリズムが感じられるのはなぜか。実は簡単な話で、一音をそのまま一拍に勘定して、言葉の切れ目で（読み方通りに）区切ってみると

 1 2 3 　1 2 3 　1 2 3
‖うさぎ|おひし|かのや|ま・・‖

〽こぶな｜つりし｜かのか｜は・・〽
〽ゆめは｜いまも｜めぐり｜て・・〽
〽わすれ｜がたき｜ふるさ｜と・・〽

ごらんの通り、三拍をくり返す三拍子になっている。調子よく読めるわけはそこにある。見方をかえれば、音楽のワルツのリズムと同じということ。ワルツはズンチャッチャとリズムを刻む典型的な三拍子の舞踏で、それを「ふるさと」に重ねてみれば

〽うさぎ(ズンチャッチャ)｜おひし(ズンチャッチャ)｜かのや(ズンチャッチャ)｜ま・・(ズンチャッチャ)〽

ここで一こと言い添えれば、ズンチャッチャが四つ重なっていて、ズンチャッチャをひっくるめて一拍と勘定すれば四拍子とも考えられる。実際に音楽でワルツの棒を振れば、おそらく四拍子に振るだろう。しかし、根本はあくまでも三拍子である。それは「ふるさと」についても同じで、大きくマクロにとらえれば四拍子になりはするが、本来のリズムは三拍子であることを忘れてはならない。

ひるがえってパロディ句。日本語の詩歌のリズムというやや重苦しいテーマから、食いしん坊の本性丸出しの軽い話になる。

「鰻おいしい蒲焼き」はもちろん原句のリズムに従うが、「おいしい」が字余りになっている。そこだけ少し早目に発音するということでご容赦を。

ウナギといえば絶滅が心配されて、供給ががたべり、値段がうなぎ登りで、庶民にはめったに口にできないものになってしまった。ところで、うなぎ登りと気安く言うが、ウナギがどこをどう登るのか疑問が湧いて、『広辞苑』を引いてみたら「ウナギが水中で身をくねらせて垂直に登ることから」とある。へぇと思わず首をひねってしまう。そんなウナギの姿を見たことのある人はそうそういるまいな、と。そもそもウナギは川魚だから、くねくねと身をくねらせて垂直に登れるほど深いところに住んでいるとも思えないが……昔、学生時代に多摩川上流（秋川）の五日市近郊に合宿していたとき、器用な友人がゴム動力で針金を発射する水中銃を作り、川に潜ってみごとウナギを射止めたことがあった。そのウナギは岩が重なった隙間に身をひそめていたのだった。だいたいそんな姿か、川底をにょろにょろと這い回っているところしか頭に浮かんでこない。水族館に行っても、たいてい土管の奥にひっこんでいて、うなぎ登りなど演じてくれはしない。まあ、これはこちらがものを知らないだけのことかもしれない。

余談はさておき、ウナギが庶民の口に入らなくなったとはいうものの、土用の丑の日ともなれば、テレビでうなぎ屋の情景がこれでもかこれでもかと放映される。「やっぱりうまいですねえ」と食べてご満悦の人が登場する一方で、ウナギの代わりにナマズを使った蒲焼きも紹介され、「結構いけますよ」と言う客もいる。いくらウナギが高くなったからといって、ウナギの代わりにナマズを食べようとは思わないが、こういうものが出てくるのは、ウナギの蒲焼きに対する庶民の切ない願望のあらわれだろう。

また言葉の詮議になるが、蒲焼きとは、言うまでもなく形が蒲（カバあるいはガマ）の穂に似ているところからきた呼び名である。しかし、何が似ているのだろう。ウナギを丸のまま串に刺して焼くからそうなるので、今は割いて平らに焼くから蒲の穂とは似ても似つかない。むしろ筏といえばよさそうなもの。焼鳥にも筏がある。

「小鮒釣って柳川」小鮒の柳川なんて実は見たことはおろか聞いたこともない。柳川といえばだいたいドジョウと相場がきまっているが、ドジョウもウナギ同様とれなくなった。ぼくはドジョウがウナギ以上に好きなくらいで時々口にするが、柳川の老舗でもドジョウは中国産ですとことわっている始末。昔は田んぼが多かったし農薬も使わなかったからそれこそどこにでもいた。田んぼ脇の用水路を上からのぞきこむと、あのかわいらしいどじょうひげをよく見かけたものだ。妻の実家が佐賀にあって庭に小川が引きこまれており、小さな魚が泳いでいた。暇にあかせて、釣の経験もないのにいたずら半分手近にあった釣竿で糸を垂れたら、なんとドジョウがひっかかってきた。釣れたはいいがそのあとどうしたらいいかわからない。ぬるぬるぬるぬる指の間からすり抜けるのを悪戦苦闘おさえこみ、やっとの思いでバケツに放りこんだ。夕食に柳川にしたかどうか。

柳川（鍋）とは、説明するまでもないが、割いたドジョウと笹がきごぼうを、独特の浅い鍋で甘辛く煮て卵でとじた料理で、ドジョウの代わりにフナを使って悪いわけもなかろう。ウナギ代わりのナマズといい勝負か。

因みに柳川鍋の名の由来はよくわからない。はじめてこの料理を作ったときの鍋が今の福岡県の柳川産だったという説もある。

〔クイズ 15〕

応援の三三七拍子も、手締めの三三一も四拍子です。解析して下さい。

カナより漢語
——花より団子

かつて「花より団子」を英語に訳すとすればどうなるかを論じたことがある（『実践翻訳の技術』筑摩書房）。英語で花はflower団子はdumplingだからDumpling rather than flowersとするのはナンセンス。英米人はなんのことやらわからずキョトンとするばかりだろう。日本語では花だけでサクラの花を指すことが多いし、団子と組み合わせて出てくるところからすると、この句のシチュエーションは花見だろうか。（団子屋は花見のシーズンが書入れ時らしい。）

毎年三月下旬から何週間か、土曜・日曜には自宅近くの井の頭公園の落花狼藉ぶりはすさまじいばかりになる。戦前戦中は池の周辺は杉の大木が並んでいたのが、戦争末期に船を作るとかで切り倒され、戦後染井吉野が植えられてサクラの名所で知られるようになった。シーズン中その淡い紅が水の面に映える風情は、たしかに人の心を誘うのだが、誘われてそばへ寄ってみれば、まず鼻をつくのがアルコールの臭い。早朝からビニールシートを敷いて占領し張り番を立てていた手頃の場所に、時間とともにやってきた仲間連中が車座になり、段ボール箱にぎっしり詰めて持ちこんだ缶酒とつまみを配って、飲めや歌えの大さわぎである。花見客に花見酒とは名ばかりで、花は背景になっているだけ、客も酒も花見には大した関心がないらしい。うかうかすると、退屈まぎれに駈けずり回る子どもにぶつかられ、球技禁止の制札もものかは、バレーボールに興ずるお嬢さん方にボールをぶつけられ、花を眺めながらそぞろ歩きを楽しもうという気分にはまずなれない。

花見、月見、そして昔は「香炉峰の雪いかならん」と御簾を高くかかげて打ち興ずる雪見まであった。これほど花鳥風月をめで、自然との一体感を意識する国民はないと思う。ひとり静かに花を楽しむ花見は、元来限りなく美しいいとなみだった。その日本人がどうしてこうも醜い「花より団子」になってしまうのか。

ジャパノロジストのフセヴォロド・オフチンニコフは、「自分だけ一人で楽しまず、数百、数千の人びととといっしょに楽しむことが、どうして悪いことだろうか？　やはりこれも自然に近づき、その美しさに浸るためなのだ……一見、満開の桜などどうでもいいようだ。だが、そう見えるだけである云々」と、ずいぶん好意的な見方をしてくれるが、この週末の酔客や、あけて月曜の朝、掃除のおじさん・おばさんが集めたごみの山を見ると、とても彼の意見に相槌を打つわけにはいかない。日本人ほど個人と集団で態度の変わる民族もないという説もある。とすれば、花見はよきにつけあしきにつけ、日本人らしさがもろにあらわれたしきたりということになる。

あるいはこうも考えられる。いちおうこういった花見の情景を踏まえながら、実際には花見とまったく関係なく、美術展を見に行く前にまず腹ごしらえと、「花より団子」と言っている男。あるいは美しいものよりはうまいもののほうによほど関心がある男のせりふ。自分でそう言っているのなら、開き直りか、自嘲か、それともジョークか。誰かほかの人間がその男に向かって言っているのなら、蔑みか、たしなめか、からかいか、それとも同意か。

あるいは、こういったこととも関係なく、たとえば被災地に駆けつけたボランティアが被災者に告げた言葉かもしれない。花よりも化粧道具よりも、被災者にまず必要なのは食料品など救援物資にきまっている。

つまるところ、一口に「花より団子」と言っても、その背景、シチュエーションはさまざまなのだ。しかも、ことわざの常として、「花より団子」は決して絶対的真理ではなく「団子より花」のほうがいい人は大勢おり、「団子より花」のほうがいい場合も多々あるにちがいない。それはパロディの「カナより漢語」についても同じである。

そもそも、漢字、ひらがな、カタカナという三系統の文字を持っていて、しかもその三系統が独立別個ではなく、三者を渾然一体、融通無碍に使える言語は世界中どこにもない。ポセイドーンの三またの槍のごとく世にも珍しい威力を持つこの武器をフルに活用して、たとえば「フルに活用して」のような文章が書けるのは、日本人の大きな強味だろう。三つもおぼえなければならないなんて、そんな面倒くさい不便なことはやめたほうがいいのではないか、などとバカなことを言う内外国人の気が知れない。

三者それぞれに特徴、利点、欠点があるが、本質的な優劣の差はない。まず漢字は、一般論として、ごちゃごちゃと線が交錯し複雑ながら、その分、造形的な美しさを持っている。恩師のヨゼフ・ロゲンドルフ師がいつか三島由紀夫と同席された折、三島が「薔薇という字を書くと、自分が薔薇園にいるような気分になります」と言ったそうだ。たしかに薔薇という字は華麗で重厚なあの花のみならず、入り組んだ枝や株まで連想させる、なんともいえない雰囲気を漂わせている。

しゃれではないが、漢字はそれぞれ感じを持っている。パロディではないが、「目」には目の、「歯」には歯の感じがある。目と芽、歯と葉は同じメ、ハでも感じがちがう。これはもちろん、漢字が元来象形文字で「目」は目をかたどり、「歯」は歯をかたどってつくられた、その由来のせいでもあろう。「目」は最初「罒」だった。「罒」はたしかに目を思わせ、「齒」はたしかに歯を思わせる。しかし、決してそういう由来だけではない。千年以上も「目」を目とし「歯」を歯としてきた歴史、その習慣の重み、人の心がこの字ににじみ出ていると言ったら大げさだろうか。

また、表意文字だから一字だけでも見た瞬間に意味がつかめるし、造語能力が高い。明治期に欧米から、それまで日本にはなかった新しい概念が入ってきたとき、漢字を使ってそれに対応した。「経済」「社会」「哲学」などがそれで、このことは「野球」「庭球」などスポーツの世界にも及んでいる。

カナは形の上では漢字にくらべて単純ですっきりしており、その中でもひらがなには曲線的な、カタカナには直線的な美しさがある。そして機能の面では、漢字のように一字で意味をあらわすことはできないが、その代わりに表音文字としてとてつもなく大きな利点を持っている。それは外来語の音を簡単に表記できるということで、もちろん正確な一致は期待できないものの、一応の間に合わせには十分なる（外来語の表記はカタカナを使う）。そして、津波のように押し寄せる外来語に漢字による造語が追いつかなくなったとき、大量のカタカナ語が生まれるのはやむを得ぬところだった。それはスポーツ、ファッション、料理などの分野でとりわけいちじるしい。たとえば

タッチライン沿いに駆けあがった左サイドバックは、ボランチから出たパスを受けとるや相手のタックルもものかはドリブルでコーナーに突っこみ、ディフェンダーふたりをフェイントでかわしてクロスをあげた。そこへノーマークで走りこんだセンターフォワードが豪快にボレーシュート。キーパーのセービングも及ばずポストぎりぎりにゴールとなった。

カタカナ語が使えなければ、こんな文章は書けたものではないだろう。

先ほど漢字の味わいに触れたが、カナ文字についても同じことが言える。ひらがな、カタカナそれぞれに味わいがあり、異なった連想をもたらす。そのため同じものを書いているのに三者三様に感じがちがってくる。「ソバ」と書くとなんとなくパスタっぽい。カタカナと外来語の結びつきのせいもあるだろうし、線の形にもよるだろう。「そば」となると、いかにもざるにくるっと盛った麺の感じがする。そして「蕎麦」は粉になる以前の穀物としての蕎麦まで連想させられる。

薔薇の話にもどるが、今はよほど特殊な場合、あるいはよほど凝った人でなければ「薔薇」

とは書かないだろう。かく言うぼく自身ふだんは「バラ」ですませてしまうが、それは機能的で便利だからで、たとえば自分の足で歩いたほうが気持ちがよく健康にもいいとわかっていても、つい便利さに負けて車に乗るのに似ている。しかし「薔薇」と「バラ」の感覚のちがいは十分意識しているつもりである。「バラ」は、エディンバラのバラのようにそう発音する英語の単語もあることだし、どうしても西洋風に聞こえる。実はバラはイバラないしはウバラから転じたれっきとした日本語で中国の薔薇(そうび)をそれに宛てたのである。「ばら」とひらがなで書くことはあまりない。「ばら」は「ばらばら」を連想する。

アメリカの女流作家ガートルード・スタインに〝A rose is a rose is a rose is a rose.〟(「ローズはローズでありローズでありローズである。」)という風変わりな詩があるが、考えてみると、英語には rose という書き方しかないからこれで通るので、日本語なら「薔薇は薔薇にしてばらにあらず、バラにもあらず」とでもなるだろうか。

もう一つ驚くべきことに、漢字、ひらがな、それに外来語としてのカタカナを加えた三様の言い方書き方で、それぞれのあらわすものに多少ちがいが出てくる例がある。ある人の説によれば、箱にはいっているのが「馬鈴薯」、鍋にはいっているのが「じゃがいも」、皿にのっているのが「ポテト」。また、「ろうそく」は暗いときに使うもの、「キャンドル」はわざと暗くして使うものだそうである。

特殊な使い方として、生物の種名は必ずカタカナ表記というのがある。慣用句になっているものはもちろん漢字のまま。まさかイヌ侍とは書けまい。しかし実際問題としてどちらにすべきか、あるいは漢字がむずかしいからひらがなにしてしまおうか、とか迷うことが多い。

そのほか、日本語よりも外来語のままのほうがかえって通りがよかったり、重苦しくなくスマートに聞こえたり、ちょっとしたニュアンスのちがいを出せたり、カタカナは実に機能的で使い勝手がいいから、次々に新しいものが生まれてくる。それ自体悪いことではないが、いろいろ困った事態も出てくる。

その一つは、意味を取りちがえたまま、知らずに使っていること。「フリーマーケット」を「自由市場」、「レヤーチーズケーキ」を「珍しい貴重なチーズケーキ」と思っている人はずいぶんいるにちがいない。もう一つは発音をまちがえたまま使っていること。今、ほとんどすべての人が「ポーチ」と呼んでいるもの――日本語でなんというのか、昔、巾着(きんちゃく)というのがあったが、まさか今日通用しまいし、適当な名称がない。強いていえば「小物入れ」――は実は「パウチ」で、「ポーチ」はまったく別のものを意味する。海外旅行をして買物のときに、英語では「ポーチ」だと思いこんでそう言っても相手に通じない。恥をかくばかりである。

しかし、カタカナ語をめぐって何よりも不愉快で腹が立つのは、その濫用である。つまり、カタカナ語を使うのが不必要、不適切なときにそれを殊勝げに持ち出すことで、そこでパロディ句「カナより漢語」の登場となる。

一時「アイデンティティ」というはなはだ書きづらく読みづらいカタカナ語がはやったことがあった。今でも折に触れて使われている。これは心理学者のエリク・エリクソンがキーワードとして使い出した言葉で、日本に輸入されて社会科学方面では「自己（あるいは自我）同一性」という珍妙不可思議な日本語になった。あまり珍妙不可思議だったせいか、そのうち「アイデンティティ」が通用するようになった。学者同士それでわかり合っていれば、別に文句を言う筋合いはない。しかし、それは学者の仲間うちでの話である。そもそもidentityなる英語はエリクソンがこしらえたものではない。起源をたどればはるかにさかのぼり、ラテン語のidem（同じ）とens（存在する）からつくられた。意味はその語源どおり、「同じであること」「かくかくしかじかのものであること」――identity card略してI.D. cardは身分証明書にほかならない。

つまり、学術用語ではなく、庶民用語、通常語としてのidentityは、昔からずっとあるのに、学者の仲間うちで「アイデンティティ」と言うからといって、庶民に向かってまでそうすることはあるまい。そして、学者がそう言うからといって、ほかの者までしたり顔でまねをするのもどうかと思う。一時名をあげた某作家が離婚の理由に「彼女（奥さん）がアイデンティティを持ちたかったためでしょう」と、わかったようなわからないようなことをのたもうた。結局、奥さんがわがままだったということらしいが――別にご当人がわがままではないということではない――そうはっきり言いたくなくて、カタカナ語でカムフラージュしたのか、かっこうをつけたのか、あほらしい語である。

近頃は政治家までが、ナショナル・アイデンティティなどと言い出す始末で、政治家はいつも大衆のほうを向いてコミュニケーションをとる――いや、意思疏通をはかるべきものだろう。ことさらにわからない言葉を使って、国際派でございという顔をするのは言語道断である。たしかに日本語にしにくい言葉にちがいないが、明治十九年出版の翻訳書に national identity が「民族の個性」とりっぱに訳された例がある。「主体性」でも「独自性」でもいいのではないか。

ようやくご本尊が出てきた。「カナより漢語」を面と向かってぶつけたいのは、何かにつけ、やたらカタカナ語を連発する政治家、役人である。選挙のときは選挙民にペコペコ頭を下げまくっていた候補者が選良（なんて誰が言った）となるや、たちまち頭が高くなって、いかにも物知り顔に活動報告とやらでカタカナ語をまぜる。なぜ「アジェンダ」なんて言わなければならないのか。「課題」とか「行動計画」とかいろいろ言い方はあるだろうに。「アジェンダ」（agenda）はもともとラテン語で直訳すれば「なされるべき事ども」であることまではいかな物知りさんもご存じあるまい。

役人もそう。いかにもお上でございの偉ぶった態度で、下々にむずかしげな言葉を使ってみせる。経済関係のある会議で、省庁側の説明にバックオフィスだのアウトソーシングだのカタカナ語が続出し、時の総理大臣が「町内会の人たちにそれでわかるのか」と一喝したという記事を見たおぼえがある。

最近都知事が談話の中で「アオフヘーベン」という言葉を口にしたのには驚くと同時に昔なつかしくもなった。旧制高校生がよくわかりもせず使って得意顔をしていた言葉である。ドイツ語ではごくふつうの日常語で「持ち上げる」という意味だが、ヘーゲル哲学の用語としては「止揚する」というむずかしい概念になる。政治家は庶民の目線に立つべきだろうに、庶民にわかりっこない言葉を持ち出して、庶民の目の届かぬ高みに自分をアオフヘーベンしてしまったら、信頼も共感も失われてしまうではないか。

やたらなカナ文字の使用、それにやたらな省略語の導入、この先日本語はどうなるのかと心配になってきた矢先、日本人以上に日本語に練達で日本語を大切にするアメリカ人の詩人アーサー・ビナードさんの衝撃的な談話が新聞に載った（二〇一七年十一月二十九日毎日新聞夕刊）。題して

「日本語は消滅に向かっている」

以下その要旨を紹介しよう。

日本人は生まれた時から広告を浴びせられている。広告とは政府の宣伝やわかりやすくまとめ上げられた「ニュース」も含む。その広告にまどわされ思考停止のまま結論をのみこみ導かれていく。

気がかりなのは日本語の衰退だ。

言葉の延命には二つの条件がある。民族のアイデンティティ、平たく言えば自国に根づく心と、その言語による経済活動。日本はそのいずれも弱まっており、日本語は消滅に向かっている。

経済を語る言葉が劇的に英語、カタカナばかりになった。デリバティブ、アウトソーシング、インバウンド、デフォルトといった言葉を日常会話で当たり前のように使う。経済だからいいと思っているのはまちがい。米国の先住民の言葉が絶滅に向かったのは、貨幣から時間の表記、契約まで何もかも英語が強いられたから。中身や衝撃度がわかっていないのにTPPという言葉だけが独り歩きし、わかった気分になっているうちに、チチンプイプイとだまされる。あらゆる方面で日本語が追いやられるだけでなく、人が自分の言葉で考えなくなる。

日本と植民地の先住民とは違う？　いや日本は属国のままで米国から独立しているとは思えない。

もう一つの条件、民族のアイデンティティもずいぶん衰えた。近頃「和」が大はやりだが、ここは日本なのになぜあえて「和」と銘打たねばならないのか。日本人は自分たちの文化を「よそ者の目」で見始めたのではないか。

着物ブームは一見、伝統の見直しに映るが、あくまでも異国趣味であり、コスプレに近い感覚。外国人が見て喜ぶ東洋趣味に近い感覚になっている。

そして、文部科学省による小学校の英語教育。英語を学ぶのはいいが、日本語は英語より劣っているという印象を子供たちに無意識に植えつけている気がする。文科省の英語教育は悲惨で、二流の英語人が育っていく。日本語力が弱まり、きちっとした言葉を持たない民があふれる。そんな愚民政策に対する議論がもっとあっていいのに、本当に少ない。

自分たちの国を自分たちで好きなようにつくろうという真の意味での独立を日本人は諦めているのではないか。じゃあ、どうすればいいのか。

政治宣伝から普通の広告まで、垂れ流される映像、情報を拒否し、スマホを持たない運動を広げたい。そして静かに考えよう。

大賛成！

〔クイズ 16〕

① 元の外国語は一つなのに二通りに表記して二つの別のものを指すカタカナ語があります。たとえばどんなもの？

② 「フリーマーケット」「レヤーチーズケーキ」はどういう意味ですか。

知らぬはほっとけ
——知らぬが仏

「知らぬは亭主ばかりなり」とか「知らぬは親ばかり」とか、女房の浮気、子どもの非行を知らないでのほほんとしている亭主、親は、「知らぬが仏」とあざけられる。仏さんは悟りを開いた人で、「仏顔」「仏気」「仏心」といった言葉があるとおり、柔和で慈悲深く平静といいことづくめなのだから、「仏」と呼ばれたらありがたいだろうにそうはいかない。何も知らないから仏顔をしているけれども、知るべきことを知ったら鬼みたいになるにきまっている、とばかにされているのだ。何もかも心得た上で、つまり、浮気も非行も承知の上で、それを胸のうちに収めてきちんと顔色も変えずに対応しているなら、言いかえれば「知る仏」ならこの上なしだろう。

ところで、こういう「知らぬが仏」さんにぶつかったらどうすればいいのか。いきなり事実を知らせたらたちまち鬼と化すかもしれない。文字通り話になるまい。こちらは「仏顔」をよそおい「仏心」を発揮して「知る仏」をきめこみ。ふつうにつき合っていればいいのだろう。つまり、「知らぬはほっとけ」である。よけいな「仏いじり」はしないに越したことはない。

これは市井の浮気、非行の話だから「知らぬはほっとけ」でいいのであって、社会的な問題となるとそうはいかない。今日ほど情報公開がやかましく求められている時代はないだろう。官民の間はもとより、民々の間でも、プライバシーにかかわるものは別として、必要な知識は共有することが望まれる。「知らぬはほっとけ」とそっぽを向いたら、袋だたきにされかねない。

ところが、それに類することが翻訳の世界に起こった。もうずいぶん昔の話だが、その影響がいまなお残っている。

野上豊一郎は『岩波講座世界文学』第一巻（昭和七年）に「翻訳の理論」を書き、それに「翻訳の態度」をつけ加えたものを、後に『翻訳論』（昭和十五年）として出版した。ここで彼が主張しているのが有名な「無色的翻訳論」で、それを要約すれば、たとえば絵巻物を模写するときに汚ない安っぽい絵具を施すよりは、白描きのままにしておく方が安全なように、原物の色調を取りはがした無色の翻訳こそ望ましいというのである。

絵にはデッサンと色の二つの要素があるから、現実に白描きがあり得るが、文章はそうはいかない。どんな書き方をしても、いわば色がついてしまう。野上の比喩は適切とは思えないが、彼が実際に何を無色と考えていたかは、「翻訳の理論」「翻訳の態度」の補遺の形で発表した「蒟蒻問答」を見ればはっきりする。一部引用してみよう。ABふたりの対談の形をとっており、一字一句をあまり問題にせず、全体としてパラレルな調子を見いだそうとするBに対して、A——野上の分身——は、一字一句を集積して全体の調子ができあがるという立場をとり、本格的な翻訳を次のように唱道している。

B　それでは、君の謂はゆる本格的な翻訳といふのを作るには、どうすればよいのか。

A　……これは結局表現の問題で、西洋のものを翻訳するには何よりも西洋のものらしく、しなければいけない。……それで西洋のものを西洋のものらしく日本語で表現するにはどうすればよいかといふ問題になると、第一に、われわれの持ち合はせてゐる日本語の表現法で十分に用事が足りるだらうかどうかが考へられる。

B　君自身はどう考へる。

A　僕は悲観論者で、持ち合はせの表現法で十分に用事が足りるとは思へない。

B　足りないとなれば、どうすればよいか。

A　新しく表現法を作るのが一つの方法だと思ふ。
B　君の空想は、できるなら、日本文の一語一語までも西洋文の構成の通りに並べて見たいといふのだらう。
A　しかし、できない筈があるだらうか。できないと思ふのは、さうすると従来の日本文のやうでなくなるといふだけのことで、従来の日本文の文脈を破ることは、むしろこの際、われわれの表現様式を豊富にする上からも同意されてよいと思ふ。
B　……さう一概に初めから理窟づくめで行けるものかどうか、僕には疑(うたがひ)なきを得ない。一つの場合について考へて見ても、言葉の慣用法といふやうなものを全然無視してかかるわけには行くまいではないか。西洋人の表現には西洋人流の慣用法があり、日本人の表現には日本人流の慣用法がある。それが多くの場合一致しないのだから、忠実に直訳的に翻訳するとなると、いきなりつまづいてしまふだらう。
A　それを押し切つて、西洋人流の慣用法を日本語でやり通すところに意義があるのだ。
B　理論の上ではね。ところが、実際の場合になるとすぐ行き詰まつてしまふだらうよ。
……たとへば――
The world is all before us.
これを、

世はみなわれわれの前にある。

としただけで、原文の意味がはっきりとわかるだらうか。

A よくわかるぢやないか。それでわからない奴にはわからないでもよい。それ以上に工作を施してもらひたくないね。

出ました！ これはまさに「知らぬはほっとけ」にほかなるまい。ほっとかれればわからずじまいである。この英文の意味は「前途洋々」なのだが、そうとわかる人がどれだけいるだろう。

A――野上――は、「僕は原文の表現をそのまま日本語で表現しようと求めるのだ。表現さへ正しく伝へれば、意味はおのづから表はれるべき筈だ」と主張する。つまり、原文における表現と意味の対応をまったく自明のものと見ているのだが、事実はそうではない。The world is all before us. が Our future is very hopeful.（われわれの未来は希望に満ちている）を意味することは、イギリス人でも初めにそうと教えられなければわからない。つまり、この表現と意味の間の対応は一つの約束事であって、その約束を知らない人には対応が認められない。意味はおのずから表われはしないのである。それは、日本語の「前途洋々」が日本人の小さな子どもにわからないのとひとしい。まして、英語の表現をそのまま日本語に置きかえて「世界はみなわれわれの前にある」としても、日本人に意味が「おのづから表はれる」はずがない。「世界はみなわれわれの前にある」とは「前途洋々」ということだ。さらにそれは「大きな希望が開けている」ということだと教えられてはじめて、日本人のおとなにも子どもにも合点がいく。「それでわからない奴にはわからないでもよい」とはなんたる暴論。誰にもわからないような日本語を書いて、それがわからない奴はバカだと言わんばかりのこの傲慢さ！

「世界はみなわれわれの前にある」——辞書に出ている語義、文法書の解説を基準とする限り、この訳は忠実、正確である。逆に言えば、この忠実は辞書、文法書に忠実であるにすぎない。“Good morning”を「よい朝」と訳して、誰がそれを原文に忠実と思うだろう。一事が万事である。

このように日本人流の言い方、日本語らしい表現をまったく無視するのは、野上が完全な翻訳の持つべき性格の一つとして、「用ひられた用語の特性が原作の国語の特性を最近似の度合に於いて連想させるものであること」つまりは、いかにも外国のものらしい感じがすることをあげているところに、端的に表われている。外国のものは外国のものらしく、という操作を日本語の表現の上でやれば、日本語を日本語らしくなくするほかはない。あえてその主張をした人をもうひとりとりあげる。

小宮豊隆は「戯曲の翻訳」の中で次のように述べている。

作者に最も誠実であり役者に最も親切である翻訳が価値に於いて最も高い位置を占めることができるのである。しかし……作者に最も誠実であると同時に役者に最も親切であることは竟(つい)に両立しない。従って役者のみに親切であることの度合いによっては、一の戯曲の翻訳の位置は極められ得ない。此際役者に親切であるということは、何等かの点に於いて原作をvergewaltigen するということになるからである。

役者を読者に置きかえれば翻訳全般にあてはまるが、役者(読者)に対する親切が原作をvergewaltigen(フェアゲヴァルティゲン)するとはなんと激しい言葉を使うことか。このドイツ語の意味はレイプ(強姦する)である。ドイツ語を使い、一般庶民にはわからなくすることでショックをやわらげようというつもりだろうが、それもインテリ臭芬々でいやらしい。

ともあれ、またしても出た「誠実」! 本来作者に対する誠実と役者(読者)に対する親切は、二律背反とは思われないのだが、小宮が前者を外国語らしさ、後者を日本語らしさと考えていることは一目瞭然で、それならなるほど彼の言いたいことはわかる。そして、vergewaltigen とおそろしく露骨な言葉を使っているのは、原作をそれだけ大切に思っているしるしで、それ自体はほめるべきことなのかもしれないが、立場を逆にすればどうなる? 役者(読者)に親切であることが原作の強姦なら、原作に忠実であることは日本語の強姦ではないか。外国語の枠に合わせて日本語をむりやりゆがめ押しこめ、たとえば「原作の国語の特性を最近似の度合において連想させる」などと書くのは、まさしく「手ごめ」にほかなるまい。

その後もこういう姿勢は翻訳界の一部ではない、かなりの部分に連綿として続いた。一例をあげる。

> かれの喜びは、かれの笑いさざめきが、かれらのそれへの同感からうけとりうる、活気の追加だけから生じるようには見えないし、また、かれの苦痛も、この喜びをえそこなったときに、かれが見まわれる失望だけから、生じるようには見えない。

よくもよくもこんな不可思議な文章が書けるものだと、むしろ感心が先に立つ。こういうものを読まされてまるで理解できず、「おれの頭が悪いんだろう」とあきらめた人は数知れずいるにちがいない。「わからぬ奴はわからないでもよい。」つまり、知らぬはほっとかれた、ということだ。

「知らぬが仏」「知らぬはほっとけ」から話が翻訳に進んで、ちょっと専門的になってしまったが、翻訳について知らぬをほっとけないぼくの考えを述べるために、もう少し紙幅を借りたい。

近ごろ特に政治家の説明責任というものがしばしば問題になっている。ぼくは翻訳者にも説明責任があるのではないかと日頃考えていて、それについて本も書いた(『ステップアップ翻訳講座』ちくま学芸文庫)。その責任とはまず第一に読者に対するもので、具体的に説明すると、翻訳者は訳文の一字一句について、なぜそう書いたか、必要があれば読者に説明する責任を負っている、ということである。

読者のほうはほとんどの人が、こんなことを聞くと、ハトが豆鉄砲をくらったみたいにびっくりするだろう。なんだかありがたいような話だけどほんとかな、と。世にゴマンといる翻訳者は、びっくりどころか憤慨するかもしれない。一部の人を除いて、大方がそんな責任があり得るとは夢にも思っていないだろうから。

そういった翻訳者の胸のうちを忖度すれば、およそ次のようなものだろう。まず第一

わたしは原著に感動し、これは絶対翻訳する価値があると自分自身信じて翻訳したので、誰に頼まれたのでもない、誰の代わりでもない。説明責任の生ずる余地など全然ないではないか。バカバカしい。

学問、あるいは芸術の情熱に燃えた、いかにもりっぱな発言に聞こえる。しかし、よく考えてみると——いや、ちょっと考えただけでも——これはまるっきりおかしい。そもそも翻訳とはいかなるいとなみか。外国語を読めない人のために、外国語で書かれたものを日本語に変換して読めるようにする。それにちがいあるまい。自分のために翻訳するなんてことは金輪際あり得ない。すべてはひとのためである。どんな言葉を並べようと、翻訳という作業の向こうには自分以外の読者がいる。その読者は外国語が読めない。言ってみれば、翻訳者はたのまれもしないのに、その読者に代わって翻訳をしているわけである。失礼な言い方かもしれないが、それが事実にちがいなかろう。

そして、その翻訳を手にした不特定読者の反応はどうか。たのみもしないのにこんな感動的な内容の本が読めるようになって、ありがたいことこの上なし、涙が出るほどうれしいかもしれない。しかし、人間には感覚のちがいもあり、判断のちがいもあり、訳文について説明のほしい部分が出てきてもふしぎはない。そのとき、その読者（ちゃんと対価は払っている）に向かって、そんなにありがたいならつべこべつまらぬことを言うなと、口を封じることができるだろうか、突き放していいものだろうか。翻訳者としては、自分がその訳文を書いた以上、納得のいくように説明するのが読者に対する親切——いや、むしろその責任があると思う。

翻訳の向こうには読者がいるという問題は、出版社の立場からすればもっと明らかだろう。ある大学の先生が原著に感動して翻訳したとしても、自分では本の出しようがない。必ず出版社に持ちこむだろう。編集者はそれに目を通し、同じように感動するかもしれない。しかし、出版するかどうかとなると、まず読者を考えなければならない。潜在的な読者の願望にマッチしているだろうか、と。読者意識の薄い翻訳者はいても、そういう出版社はありえない。読者のことなど眼中にない出版社があったら、ぼくらもの書きはどんなにありがたいか、それこそ涙が出るほどうれしいだろう。

ここでちょっと一言。今、読者意識の薄さに触れたが、一般的に翻訳者はあまりにも読者のことを考えなさすぎる、読者への思いやりがなさすぎる、というのが日頃の実感である。読者のことが頭にあればどうしてこんな知らぬはほっとけの文章が書けるのか、という思いに駆られることがどれほどあるか。

ここまで翻訳者の読者に対する説明責任を取りあげてきたが、出版社の話が出たついでに言えば、翻訳者には出版社（編集者）に対する責任もある。だいたい翻訳書の出版は、編集者が原著を選択し、その翻訳を部外者に依頼するのがふつうである。ほんとうは社内で翻訳できればそうするほうが経費の点でもいいにきまっているが、できないから自分たちに代わる誰かにたのむわけ。そうすると、依頼された翻訳者は依頼者である出版社（編集者）に対する説明責任を負うことになる。編集者は翻訳者に不明の点、不審の点について説明を求める権利があり、翻訳者はそれに答える義務がある。現実には、編集者は遠慮深かったり弱腰だったり、翻訳者は自尊心が強かったり高飛車だったりで、なかなかそうはならないようだが……

原著者に対する説明責任も理屈の上ではある。原著者は、日本語に堪能ならば、自分で翻訳するのがいろいろな面で好都合だろうが、それができないから、自分の代わりに日本人の翻訳者にやってもらう。ならば、原著者に対する説明責任も当然発生することになる。現実に説明を求めてくる原著者はまずないだろうが……

次は翻訳者の第二の反応

> わたしは原著の単なる仲介者にすぎない。不審、不明の点があれば、原著者に説明してもらえ。

この言明には二つの誤解が含まれている。まず、翻訳は決して単なる仲介ではない。コインをひっくり返すような、あるいはドルを円に両替するような作業とはまるでちがう。そして、その仲介なるものによって原文と同じものができあがっているはずだという認識は、翻訳というものの本質を知らない無知か、自分の能力の限界を知らない無知——ないし無恥——のいずれかである。

二つ目の誤解は、翻訳者の説明責任はあくまでも訳文についてであって、内容についてではないこと。内容については——それが正しく伝えられている限り——原著者、あるいはそれに準ずる人に説明を求めるしかない。

そして、翻訳者の第三の反応

訳文の一字一句にいたるまですべての部分に責任をとれと言われたって、わたしは一字一句のすべてにわたって辞書、文法書に従っているのだ。責任は辞書にある。以上、説明終わり。

これは、実際のところ、説明になっていない。そもそも一字一句にいたるまで辞書に従うのがいいのかどうか。また一語一句それぞれの意味は、辞書にいくつか出ているだろうし、辞書に出ていないのもあると思われる。これらのうちの特定の一つを採用した理由は何か、それも説明する必要がある。

辞書に出ている語義の話が出たついでに言うと、まったく辞書や文法書の指示から離れた訳、これは非常にすぐれたものか、まったくでたらめの作文かのいずれかであることが多いが、この手の訳に対しては読者からの説明を求める声はとりわけ多いと思われるし、それに答える必要もそれだけ大きいことになる。

それはともかくとして、以上あげた第二、第三の反応に対しては、根本的には、翻訳とはいかなるものか、その本質をくわしく論じなければならないのだが、ここはその場ではないので、読者のためにそのとりわけ重要な点だけを記しておく。

まず、辞書は必ずしもその場に合った訳語を示してくれないということ。辞書とは、基本的にある言葉についてその用例を集めたものだが、用例は数限りなくあるもので、そのすべてを記載することは不可能である。つまり、原本のシチュエーションと全く同じシチュエーションで使われている例が出ている保証はない。適切な訳語は、辞書に出ている語義（用例）を参考にしながら自分で判断して考え出すほかかない。

次に、翻訳は原文の一語一句に対応するものではないということ。だいたい原語に対応する日本語がないこともあるし、対応させる必要のない冗語もある。一語一句を一応頭に入れながら、全体としてどういうことが言われているかをとらえ、それをよい日本語で再生しなければならない。全体は部分の集合ではない（一語一句の積み重ねではない）。

もっとも重要なのは、日本語として通用すること。そして、ひとに読んでもらう以上、文章を書く能力、感性も必要である。早い話、原文を読んだら笑いがとまらないのに、翻訳はさっぱりおもしろくないのでは落第というほかなかろう。自分の知性と感性をたよりに書かなければならない点からして、翻訳も一つの創造といえる。音楽における演奏と対比される。

ずいぶん長くなってしまった。翻訳というものを知られないままほっときたくない一心で……

〔クイズ 17〕
「仏作って魂入れず」と同じ意味の格言がほかにもあります。なんでしょう。

セクハラは耐えられぬ

——背に腹はかえられぬ

ふだん使い慣れているのに、改めて考え直すと、本来の意味がいまひとつはっきりしない言い回しがよくあるものだ。たとえば「犬も歩けば棒に当たる」についてはは別のところに書いたが、「背に腹はかえられぬ」もその一つである。

使い方はよくわかっている。『広辞苑』を引くと、

○背に腹はかえられぬ

さしせまったことのためには他を顧みるゆとりがない。

とある。それは結構、先刻承知のこと。問題は字義どおりの解釈である。そこで次に助けを求めるのは『日本国語大辞典』なのだが、

同じ身体の一部でも背に腹をかえることはできない。大切なことのためには、他を顧みる余裕がないことのたとえ。大きな苦痛を避けるためには、小さな苦痛はやむをえない。背中に腹はかえられぬ。背より腹。

たいして代わり映えしない。わずかに確認できたのは、「背に腹は……」の「は」は提示の「は」で、ここでは「を」に置き換えてもよいこと。それは当然だろう。そして「背より腹」（と同じ）という説明によって背中より腹のほうが大切と示唆されていること。しかし、肝心の「かえる」の意味はどうなのか、漢字は何をあてるかがはっきりしない。まさか「背に腹を変える」ではあるまい。あまりにとっぴすぎる。「背に腹を代える」か？　腹が背に代わったとして、それで背のほうはどうなるのか？　交換ということか？　どうもわからない。考えあぐねて『世界のことわざ辞典』をのぞいてみたら、

背に腹はかえられぬ

【訳】　背（の方にある物）のために腹（のところにある物）は犠牲にできない。

【解】「背」は他者、「腹」は自分を意味する。また一つからだの中でも、腹は背よりも切実である。直接自分の存在に結びつくことのためには、いかに重要なものとはいえ、一歩遠いところにあるものは顧慮できない。二者択一にあたって、利己的になることのやむを得なさを訴えていう。

「解」はいささかよけいで、自他にわけたり利己心を持ち出したりする必要はないだろう。現実にそれと関係のないことは多々ある。二つのものの重要度に差があることだけを取り上げればいいのではないか。

それはさておき、「訳」はなるほどこれならよくわかる。しかし、「背のために腹を犠牲にする」という解釈がほんとうに成り立つのかどうか心配になる。また『広辞苑』に舞いもどると、助詞「に」の語義が多数ある中で

⑪原因・機縁などを示す。…のために。…によって。…で。…「暑さ—まいる」「あまりのこと—驚き呆れた」

そして「かえる【替える・換える・代える・変える】」については

①《替・換・代》

②それを取り除き別のものにする。交換する。とりかえる。(特に、「身に──える」「命に──える」などの形は、それを犠牲にするの意に使われる。)

これでようやく疑問氷解、一件落着──と言いたいのだが、いまひとつまだすんなりとは腑に落ちない。

さて話変わって、また日本語の問題になるのだが、ふだんわれわれは日本語を自由自在、無反省に使っていて、ほかの言語には見られない特性をまったく意識しない。もっともほかの言語を知らなければちがいがわかるはずはないわけだが、ここが変わっているのだと言われると、へえ、そんなところが、とびっくりするようなことに多分なるだろう。それをいくつかあげてみよう。

1、日本語には発音に強弱のアクセントがない(古典ギリシア・ラテン語、フランス語も同じ)。東京弁や大阪弁のアクセントといわれているものは、音の高低のアクセントである。高い音を意図的に強く発音することはある。

2、日本語には母音の長短がない。一聞（?）長く聞こえるのは、同じあるいは異なる母音を二つ重ねているのである。たとえば、「おーさか」は「おおさか」、「とーきょー」は「とうきょう」、「へーせー」は「へいせい」。その証拠に本来の日本語には音引き（長音）の記号がない。基本的に音引きの使用はカタカナ語（特に外来語）に限られる。

3、撥音（はねる音）、促音（つまる音）、長音に聞こえる音も一音節と数えられる。従って、「ストロング」や「ビートルズ」は、日本語ではいずれも五音節になるが、もとの英語では strong Beatles ともに一音節である。

4、日本語ではすべての音節が、ほぼ同じ時間で発音される。（母音に長短がないから、ふつうの音節の場合当然だが、撥音、促音など母音がないものも、発音にかけられる時間が変わらない。）たとえば「発展途上国」は「はっ̀て̀ん̀と̀じ̀ょ̀う̀こ̀く̀」と九音節分の長さになる。

ところで、詩には――とりわけ定型詩では――韻律が必要とされる。古典ギリシア語・ラテン語では母音の長短の組合わせで、中世ラテン語以下現代の多くのヨーロッパ語ではアクセントの強弱の組合わせでそれを作っている。たとえば長短短（強弱弱）、短長（弱強）というぐあいで、こういったリズムをくり返し重ねて詩句ができあがる。ところが日本語には、1、2で述べたとおり、そのいずれもが欠けている。そこで3、4の特性を利用して独自の音数律が作られることになった。五、七音を主体とするリズムがそれだが、五七とはいえ、間におかれる休止を入れれば実は八八で、音楽的には四拍子を形成している。そのことは別のところで述べた。

もう少し変わった特性をあげてみよう。

5、日本語には一音節の言葉がきわめて少ない。

これは日本人が一音節語を嫌うということでもあろう。その証拠に、一音節語の使用を避けようといろいろくふうをする。昔、金田一春彦先生からうかがった話で、三重県の津市へ行く用事があり、出札口で「津一枚」と言ったがさっぱり通じず、「参宮線の津一枚」と言ってやっとわかった由。ふつう関西弁ではもっと簡単に「ツー一枚」と、二音に延ばすのではないか。一般的に一音節は聞きわけるのがむずかしく、理解しにくい。ぼくは幼いころ「蚊にさされて血が出た」を「カニにさされてチガが出た」と言っていたらしい。

「葉」を単独に「葉」として使うことは、むしろ少ない。日常の会話では、本来幼児語である「ハッパ」を多用し、それではあまりに幼稚な感じがするときには「キノハ」あるいは「コノハ」という。「菜」のかわりに「ナッパ」というのも「ハッパ」と同じ伝だろうし、「背」を

「セナカ」、「田」を「タンボ」、「野」を「ノハラ」、「尾」を「シッポ」と、長くできるものは、極力そうして使う。酢や湯もぐあいが悪い。酒や水を女性ふうに「オサケ」「オミズ」とは決して言わない男性も、つい「オス」「オユ」と言ってしまう。

６ａ、日本語は一音節語が少ないのに対し、二音節語の割合が非常に高い。

これは身近なものの名前を思い浮かべればたちまちわかる。山、川、海、空、父、母、春、夏、秋、冬、人、家、水、土など、基礎的な名詞はたいてい二音節語である。このことは、日本人が一音節を嫌うのとは逆に、二音節を好んでいること、言いかえれば、二音節が日本語ではいちばん自然な、発音しやすい単位であることを物語っている。その結果として、さらに次のような特徴も出てくる。

６ｂ、日本語は発音上、二音節ずつ一つにまとめて取扱う傾向が顕著である。

この二音節一単位というのは、一つの単語についてのみならず、複合語、さらには文の読み方にまで及ぶ。

一つの単語なら、たとえば、「桜」「紅葉」は、それぞれ｜サク｜ラ｜、｜モミ｜ジ｜と発音される。「紫」は｜ムラ｜サキ｜、「紅」は｜クレ｜ナイ｜である。

複合語の場合、まず一音節と二音節の組合せなら、たとえば「子供」は｜コド｜モ｜、「背中」は｜セナ｜カ｜、「小川」は｜オガ｜ワ｜、「田植」は｜タウ｜エ｜の感じで発音される。一音節と三音節の複合形も同じで、「手袋」は｜テブ｜クロ｜、「歯並び」は｜ハナ｜ラビ｜、「夜桜」は｜ヨザ｜クラ｜で、意味に従って｜テ｜ブクロ｜、｜ハ｜ナラビ｜、｜ヨ｜ザクラ｜にはならない。三音節の「握り」は、もちろん｜ニギ｜リ｜だが、それに「お」をつけると、｜オ｜ニギ｜リ｜ではなく、｜オニ｜ギリ｜である。「握り飯」の場合は、｜ニギ｜リメ｜シ｜もあれば、意味に従って｜ニギ｜リ｜メシ｜もあるだろう。

こんなふうに、音数による分割と意味による分割が適宜あてはめられる。分割といってもはっきりそこで切って、休んだり息をついだりするわけではない。リズム感覚の問題である。文章についても同じことが言える。「おかねのなる木がほしかったのです」という童話の文章は、｜オカ｜ネノ｜ナル｜キガ｜ホシ｜カッ｜タノ｜デス｜と読めるだろう。ただし、これはきわめて簡単な、テンポのゆるやかな文だからこそ規則的な音数分割が行なわれるのであって、複雑な密度の高い文、たとえば論説や小説の場合はその限りではない。

最後に日本語ないし日本人の特性として、この場に直接関係のあるものを一つあげる。それは、日本人はあまり長い言葉（名称）を好まずできるだけ短くしたがるということで、その際、先に述べた二音節一単位の原理が遺憾なく発揮される。その結果できあがるのが略語で、その方式は二音節を二つ重ねることにおよそきまっている。大学卒業は「ダイソツ」、国民体育大会は「コクタイ」、生活協同組合は「セイキョウ」となる。外国為替を「ガイタメ」とするような凝ったものもある。近頃はやっているのは就職活動の「就活」に始まる「○活」で、「婚活」だの「終活」だの、さらには「保活」「ラン活」と、何か集団的な行動があるとすぐに「活」がつくようなありさま。「○活」に限らず、近頃の略語の氾濫にはとてもついていけない。とりわけ目につくのはテレビの番組で「うたコン」「サラめし」「ごごなま」「しぶごじ」などなどＮＨＫまで流行の尻馬に乗って四文字略語のオンパレード。ちょっとはしたなくないか。

外来語の場合、短縮、省略は一段とはげしい。というのも、外国語を日本式に発音表記すれば音節数が多くなりすぎて、そのままでは常用に耐えないからだろう。しかし、やたらに短くすれば、もとの言葉を知らない限り、あるいは説明してもらわない限り、理解不能で雲をつかむような話になることも避けられない。エンスト、ハンスト、パンスト——同じストでも元はみなちがう。昔、教えていた大学のキャンパスにメンストと称するものがあった。なんとメイン・ストリートの省略である。

ここでクイズを一つ。次の略語の元の言葉はなんでしょう。

〔クイズ 18〕
オンコン　メンコン、パソコン、スパコン、ケミコン、ゴウコン、ゼネコン、スポコン、リモコン、エアコン、ボディコン、ミスコン、ベトコン、ロボコン　マザコン

セクハラも、言うまでもなく、外来語の略語で、元の英語はsexual harassment（セクシャル ハラスメント）（性的ないやがらせ）である。

異性の相手に対して、その人が異性として不快に思うようなことは、やるべきではない、言うべきではない。女性が男性の関心をひくために、あるいは快く思われたいために美しさを求め、美しくよそおうのは――一般の動物とは逆だが――自然の本能だろう。男性が快くそれを受け止めれば、あるいは意気投合してもう少し先へ進んでも、女性は嬉しいだろう。しかし、それをもてあそぶのは絶対に許されない。もてあそぶのは自分の優位を楽しんでいる、あるいは振り回しているのではないか。ぼくは威張る人、偉ぶる人が嫌いである。権威を笠に着る人が大嫌いである。相手の立場の弱さにつけこむのは品性陋劣としか言いようがない。

昔もセクハラはあったにちがいない。しかし、それに対する反対の声など聞いたことがない。女性は、声をあげてもしようがない、黙って耐えているしかなかったのだろう。まさに男性優

位の世界、女性忍従の世界だった。

しかし、男女同権、機会均等の動きが進み、社会の状況は様変わりを見せている。女性も十分な高等教育を受けられるようになって、意識も大幅に変わった。変わらないのは一部男性の意識かと思う。

日本では代議士がセクハラで職を辞した。女性の地位向上では日本よりはるかに先に行っているはずのイギリスでは大臣がくびになった。そして最近、アメリカでも芸能界を中心に#Me Tooとよばれるセクハラ反対のすさまじい渦が巻き起こった。あれよあれよと見守るうち、この日本で今度はこともあろうに官僚のトップ中のトップ財務次官の報道記者に対するセクハラが当の記者の勇気ある訴えにより明るみに出て、次官は結局辞任の止むなきにいたった。そしてその間の次官当人の釈明、大臣以下財務省当局の対応が、セクハラ理解の薄さを露呈して轟々たる非難を呼んだ。

女性が強くなり泣き寝入りしなくなったのは喜ばしいが、先ほど述べたように男性の意識はまだまだ変わらない部分が多いし、セクハラ被害者に対する一般社会の反応も意外に冷たいところがあって、それを改めると同時に、被害者が安んじて訴えられるような、また被害者を守れるような環境を整備する必要があるだろう。

ハムレットの「弱き者、その名は女」のせりふを引くまでもなく、はっきり言って女性は弱者である。もちろん中には男顔負けの女傑もいらっしゃるが、全般的に男性に比べて弱者であることは否定しようもない。今日ほど広く社会的弱者に対する思いやり、いたわりを必要とされる時代はかつてないだろう。セクハラはまさにその反対の所業ではないか。

セクハラは罪である。（法律上セクハラ罪という罪はないと、時も所も弁えず罪な公言をする罪な大臣がおいでだ。）思いも寄らないことがセクハラと認定される事例が相次ぐので、どこまでが許されるかマニュアルを作った企業もあるとか。それももっともかもしれないが、男女双方がセクハラかどうかいつも神経をとがらせているのは、まことに味気ない話で、決してほめられたものではないだろう。結局ふだんからの人間関係が問題で、厳しい言葉もすなおに受け取り、冗談が冗談として通るような状況が望ましい。

職場の人間関係といえば、嫁姑の間柄も似たようなところがある。つまらぬことでいざこざが起こる。嫁が「お母さま、ついでにお部屋のお掃除をしておきましょうか」と言ったのに対して、ある姑はすなおに「ああ、ありがとう」と感謝し、ある姑は「わたしが怠け者でだらしがないと嫌みを言っている」と受けとる。

仕事の場でも、遊びの場でも、いつも相手に対する敬意と思いやりが鍵ということだ。

「セクハラは耐えられぬ」――女性にとってはまさにそのとおりだろう。実はぼくにとってもそうである——セクハラという行為はもとよりとして「セクハラ」という言葉そのものが。

ぼくはやたらな略語が嫌いである。「テレビ」も「コンビニ」もしようがないから使っている。今さら「テレヴィジョン」「コンヴィニエンス・ストア」とがんばっても「蟷螂の斧」だろう。

なぜ嫌いかって？　汚いから。

「セクハラ」——なんと汚い言葉であることか。耐えられない。

立つは癪だが座ればばあさん
――立てば芍薬座れば牡丹

芍薬と牡丹はよく似ているが、同じ科に属するくせに前者は草本、つまり草、後者は木本、つまり木である。では草と木はどこがちがうのか。何人か小さい子にきいてみると、

「えーと、色がちがう。草は草色にきまってるじゃない。緑みたいなの。木は……」

「き、い、いろかな？」「ちがうよー茶色。」「木も小さいうちは緑っぽいよ。ほらこのバラ見てごらん。」

「草は小さいけれど木は大きい。」「すごく大きい草もあるよ。ススキだって君よりずっと背

が高い。このバラ、ミニバラってんだけど、ひざまでしかないだろ。でも全体として木のほうが大きいのはたしかだね。」

「草は冬枯れてなくなっちゃうけど木は枯れない。」「いやいや。草でも枯れたみたいでまた翌年出てくるのもあるよ。多年草っていうんだ。」

「草は弱いけど、木は丈夫で強い。」「それはどうかなあ。山の高い所まで登ると草しか生えてないだろ。途中までは木がびっしり茂ってるのに。高山植物ってみんな草だよ。それから、からからに乾いたところも草しか生えない。草は丈夫なのさ。」

「草はへにゃへにゃで軟らかいけど、木はごつごつ固い。」「そう、それがいちばん当たってるかな。木も若いうちはへにゃへにゃで緑っぽいけど、大きくなるうちにだんだん外側が固くなり、茶色とか灰色とか色もついてくる。木質化っていうんだ。固いところは木質部で、それを持ってるのが木、持ってないのが草ってこと。」

というわけで、こんなふうに、あたりまえのようにちがいを意識していながら、改めてどこがちがうのかきかれると答えに窮することがときどきある。草と木のちがいもそうだが、たと

えば「走る」と「歩く」はどこがちがうのか。『広辞苑』をひいても

はしる【走る・奔る】

勢いよくとび出したり、す早く動きつづけたりする意。

①両足をす早く動かして移動する、かける。

……

以下⑫まで説明用例が出ているが、「歩く」とのちがいはまったくわからない。「勢いよくとび出したり、す早く動きつづける」のは歩いてもできるではないか。

たねを明かせば、左右どちらかの足が必ず地面についているのが「歩く」で、両足とも宙に浮いている瞬間が少しでもあるのが「走る」である。陸上競技の競歩の審判はそこに目を光らせる。両足が浮けば反則になる。

ともあれ、似たもの同士でも一方は草で一方は木という例はほかにもある。たとえば、シモツケソウとシモツケがそう。

草と木の詮議立てはそこまでとして、「立てば芍薬、座れば牡丹」と聞いて、あれれ、と思うことが一つある。立っているときのほうが座っているときよりも当然背が高いのだから、この句をその通り受け取ると、芍薬のほうが牡丹より丈があることになる。おかしいと思って図

鑑を調べると、やはり逆だった。それなら、「立てば牡丹、座れば芍薬」――いや、だめだ。音数が六八になって四拍子のリズムに乗らない。

牡丹立てればリズムが立たず。いっそ別の花を持ってきたらどうか。似たもの同士ではなくなるが、

立てば水仙、座れば菫（すみれ）

音節数はきっちり七七でリズムはいい。また、あとに続く「歩く姿は」の「百合の花」と釣合って、いかにも清楚な感じがする

いや、それではあまりにもかわいらしすぎる。牡丹、芍薬級の豪奢なものを持ってこないと美人らしくない――とかなんとか、つまらぬ理屈をこねだすときりがない。

優先席というのがある。かつてはシルバーシートと呼ばれていた――銀の椅子でもあるまいに。シルバー・ヘアー（銀髪）の人が座る席というつもりで考え出したおかしな和製英語だろう。老人、障害者、病人、妊婦、乳幼児連れが優先的に座れる席で、席の上にはこの五種類の人物像が貼ってある。ぼくは若いときには、席が空いていても、別に粋がっているわけではなく、

ただ立っているのが苦痛ではなかったから立っていることが多かった。しかし、年とともに体力が衰えて、できるなら座りたくなり、後期高齢を迎えてからはほとんどいつも優先席を利用している。時間帯にもよるが、だいたい座れることが多いし、空いていなくても、こちらの年頃を見てとって、結構席を譲ってくれるものである。

知人に「優先席は優先であって占用じゃないんだから、空いてたら座りますよ。もちろん、優先者が前にくればさっさと立ちます」と言う人がいる。たしかに理屈はそのとおり、何も悪いことはない。しかし、優先席がふさがっていると、はじめからその側へは足が向かない優先者がいることも考えるべきではないか。いや、そもそも優先席などというものがつくられているのがおかしい。こんなのはおそらく世界で日本だけだろう。一見、老人、障害者などに対して親切な国のように見えて実はそうではない。どんな場所でも社会的弱者が立っているのを見れば、健全な人は席を譲ってあげるのがマナー——というよりは倫理的に当然な行為だろう。逆に言えば、日本人は概してそうではない。そういう思いやりに欠けるから、やむを得ず優先席なるものをこしらえた、ということになる。

本来座るべきではない人が席を譲るかどうか、その人物像を観察するのも結構おもしろいものである。男女学生はたいていだめ。おそらく自分がどこに座っているかという意識もないのだろう。スマートフォンの画面に夢中でまわりのものには目がいかない。ところが身なりも挙動もどこか崩れたアンちゃん風の男性が、意外にもすっと立ってくれることがよくある——照れくさいのだろうか、にこりともせず、ぶすっと黙ったまま。サラリーマンもだめ。若い人は仕事疲れか寝ている、あるいは寝ているように見えるし、中年者は「おれは座ってもいいんだ」と威張っているような感じであたりを見回したり、新聞に目を落としたり。時には、汗を拭き拭きとびこんで座ったものの、優先席であることに気がついて、あわてて車輛の中ほどへ移動する殊勝な人もいる。中年女性は立つ人と立たない人が半々ぐらいか。

ひるがえって譲られるほうはどうか、もう老年といってもいいご婦人が「どうぞ」と席を譲られたときに、「わたしはそんな年じゃありませんの」と柳眉——でもないか——を逆立てたという話を聞いた。内心はおそらく座りたいのだろうが、座れば制度上（?）老年であるのを認めることになる。癪だけれど立っていよう、と意地を張っているのか。いつまでも若くありたいという女心の悲しさ、これが逆効果であることに気がつかない。譲られるのはそれなりの年寄りらしいことが客観的に認められるからで、それに対し「そんな年じゃありません」と言い張るのは、若いのに老けて見えるのを認めることになってしまう。そのほうが女としてつらく、悲しいのではないか。席を譲ろうとした人は、「あら、ずいぶんお老けになって見えますこと」と内心思うにちがいない。

年をとって体力の衰えを感じたらそれをすなおに受け入れること。晩年を幸せに送る要諦だろう。

〔クイズ 19〕

シルバーシートは和製英語、つまり、実際には英語ではそう言わないのに、いかにも英語らしく作ったことばです。和製英語としてほかにどんなものがあるでしょうか。

根は口ほどの者でない
姪の口添えものを言い
値はほどほどのものがいい
――目は口ほどにものを言い

「目は口ほどにものを言い」とはどういうことか。目は喜怒哀楽など感情や、心の内なる思いや考えを、口から出る言葉以上に語っている、表している――そういうことだろう。

では「目」とは何か。われわれが通常「目」と言っているのはどういうものか。目を描けと言われたらどんなものを描くか。百人が百人、紡錘形の輪郭の中央にそれに内接する円を描いて中を黒く塗りつぶす。黒い丸は黒目、その両側の白い部分は白目、輪郭の紡錘形は上下のまぶたの縁。これが目である。われわれはこれを目と呼んでいる。まずそのことをはっきりさせておこう。もちろん「目」にはいろいろな意味があるが、ここでは本来の目、視覚器としての目を取り上げる。

さてそこで考えてみよう。この目が、上に述べたように心の内なる感情や思いを表わすことができるのだろうか。「できますとも。何かに驚いたとき、《目を丸くする》と言うじゃないですか」と、目を丸くして反撃されそうである。いや、ちょっと待った。《目を丸くする》とは、字義通りに解釈すれば、そして生理的に分析すれば、上まぶたを——目のふたとはよくぞ言ったものだが、そのふたを引き上げて紡錘形を円形にすることだろう。ついでながら「目を皿のようにする」という表現もある。「目」という字を横倒しにすると「皿」で、まるで皿のようになるが、そんなことではなくて、これも皿のように丸くするということにちがいあるまい。

冗談はさておき、そんなふうに目を丸くするのは驚きの表情とされているが、よおく考えていただきたい。われわれは驚きの感情など丸っきり持たずに、機械的にまぶたを上に引き上げて目を丸くすることができる。目をパッチリと開くことができる。♪わたしの人形はよい人形、目はパッチリと色白で……♪　この人形はびっくりしていると誰が思うか。つまり「目を丸くする」と「驚き」の間に、必然的なつながりは丸でないのである。

しかし、目を丸くしている人を見て、「あ、この人びっくりしているな」と思うことがよくある。なぜだろう。それは、目だけでなくほかの部分もいっしょに見て判断しているのだと思う。顔には皮膚の下に表情筋と称される筋肉がたくさん（二十いくつとか）隠れている。表情筋とは読んで字のごとく感情を表出する筋肉である。喜怒哀楽その他苦しいとか痛いとかすべて内なる気持ち・感覚はこれらの筋肉の微妙な動きによって外に表れる。聞くところによると、笑顔は一つの筋肉を動かすだけでできるとか。見方によっては、人間はそれほど笑うのが好きだとも言えよう。なかなか結構な話である。

ちょっと横道へそれるが、アリストテレスは、人間を「笑うことのできる動物」とどこかで定義していた。ほかの動物は笑っているような顔に見えてもほんとうに笑っているわけではない。笑うのは人間だけだと言う。これは笑いがまったく知的な行為であることによる。

ただし、ようやく目が見え始めた程度の赤ちゃんの微笑は本能的なもので、ママのやさしい世話を誘発する信号らしい。ほかの動物は生まれ落ちたとたんに動くことも外界を知覚することもでき、母親と認知したものに対して（それが刷りこみによって、飼育係のおじさんになったり風船になったりすることもあるが）、庇護を求めて自分から行動する。ところが人間は、生まれたときはまったく無力で、ひとりでは何もできない。寝たっきりで目も見えない。だから初めは、ただただ泣いて欲望を表示するばかりである。

目がかすかに見えるようになると（どうやらそばにいる人の目を最初に認知するらしい）、微笑によって相手の愛撫をうながす。自分から手を伸ばすことのできない欠陥を、巧みに相手の方から手を伸ばさせることによって補うわけで、実にうまくできている。しかも、笑顔を作るには一つの筋肉を動かせば足りるとは、ますますもってうまくできている。

表情筋に話を戻して、目の周辺にも前頭筋、眼輪筋、皺眉（しゅうび）筋、鼻根筋、眼角筋、眼窩下筋などいろいろあり、これらの筋肉の緊張、弛緩によって驚きの表情がつくられる。目を丸くするのと同時に周辺にこの表情が浮かんでいるのをちらと見て、驚いていると判断する、こういうことではないか。その両方が出る人がいる反面、驚いても目を丸くしない人もいれば、驚いてはいないのに目を丸くする人もいるにちがいない。しかし、目を丸くして驚く人が結構多く、印象にも留まりやすいので、その二つを結びつけ、「目を丸くする」イコール「驚く」にしてしまう。つまりは約束ごとである。

約束ごとであることが明らかな例をもう一つあげる。「目を細める」という表現がある。「目を丸くする」とは逆に、上まぶたを下げ、紡錘形を最大幅五ミリ程度におさえた状態をいう。これは一般に喜びを表しているとされ、たとえば「おじいさんは孫の成長ぶりに目を細めた」というふうに使われる。しかし、いつでもそうなのだろうか。もしそうなら、目が細いことで知られる力士の安美錦は年がら年じゅう喜んでいることになる。

英語に to narrow one's eyes というイディオムがある。意味は「目を細める」で、物理的には日本語とまったく変わりがない。しかし、その内容はまるでちがっていて、疑惑、不審、怒りを表している。うっかりこのイディオムを「目を細める」と翻訳したら、とんでもないミスになる。なぜこんな不思議なことが起こるのだろう。

「目を丸くする」と同じで、「目を細める」も、目の周辺に喜びを示すような表情、たとえば微笑が伴っているのを認めて、われわれはそれを喜んでいると判断するのである。しかし、喜びではなく疑惑・不審を示すような表情が伴っていること、たとえば眉をしかめていることもあるにちがいない。英米人はそれを結びつけて「目を細める」を疑惑・不審の表われと考える。要するに受け取り方の問題で、日本人は微笑との結びつきを、英米人はしかめた眉との結びつきを重視しているということ。いずれも約束ごとにすぎず「目を細める」と、喜びあるいは疑惑・不審の間に必然的な関係はない。いや、「すぎない」と言っては語弊がある。別に軽視しているわけではない。約束ごとで結構。だいたい言葉の意味はすべて約束ごとだし、さらに言えば、世の中の諸事万端、すべて約束ごとで成り立っているのではないか。

「目を丸くする」と「目を細める」について考えてきたが、同じような例はほかにもいろいろ出てくる。たとえば「目くじらを立てる」、「目に角を立てる」——目くじらとか目の角とかは目の端のことのようで、要するにこの言い回しは目じりを上げることを指しているのだろう。その意味は「ささいなことにむきになる」「怒りをふくんだ鋭い目つきで見る」と『広辞苑』

にある。しかし、「怒り」にせよ「鋭い」にせよ目そのもの、あるいは目だけがそうであるはずはなく、その周辺をあわせてはじめて言えることだろう。早い話「あーがり目、さーがり目、くるっと回ってねーこの目」というはやし言葉は、「あーがり目」のところで目じりを指でぐっと押し上げるが、別にそれは怒った顔ではない。せいぜいキツネみたいだと思うだけだろう。

逆に「目じりを下げる」は、『広辞苑』では「うれしい時や気に入った時、また女に見とれたりする時の表情の形容」と説明されている。しかし、英米人にとっては、目じりを下げるのは落胆の表情だという。このように二通りの受け取り方があるのは、それぞれが恣意的な結びつきであるからにほかならない。

「目が点になる」はどうか。びっくりしたときによく冗談半分出てくるせりふだが、こんな言い回しが生まれたのは近年のことで、マンガで驚きの表情として目を点に描いたのが始まりである。現実に目が点になるわけはない。

「目の色を変える」はどうか。ふつう「目の色」といわれるものは虹彩の色で、日本人は茶褐色である。そして、碧眼紅毛と四字熟語にしたり♪青い目をしたお人形……♪と歌ったりするように、欧米人は目が青いとわれわれは認識しているが、実際には変異が大きく、淡碧色から濃褐色にいたるあらゆる段階のものが見られるという。地域による差もさまざまで、灰色もあれば緑色もある。遺伝が複雑に関係しているようで、昔、知り合ったアメリカ人青年は、日本人の奥さんが妊娠したとき、生まれてくる子どもの目が何色になるだろうかと、並々ならぬ興味と期待をもって予想していた。

ともあれ、乳児から成人にいたる間に濃淡の変化はあるにせよ、ひとりの人間の「目の色」――虹彩色――をそうやたらに変えられるものではない。「目の色を変える」の「色」は、「秋の色が深まる」とか「敗色濃厚」などの「色」と同じ「様子、気配（けはい）」の意味で、全体の意味は「怒ったり驚いたり熱中したりして目つきをかえる」（『広辞苑』）、「目つき」は「目のあたりの様子」と、結局目の周辺の問題になってしまう。

「目を光らせる」「目が光る」――この「目」が監視の象徴として使われているのでなければ、言いかえると、生身の目であるならば、これまた現実ではない。鉄腕アトムや鉄人28号、その他最近のアニメに登場するおそろしげなロボットならいざ知らず、生身の人間の目は発光器ではないから、それ自体が光るはずはない。目からパッと光線が出るのはアニメの世界の話である。

しかし、感情の表出とは関係なく目が光っているように見えることはある。太陽に照らされる月と同じく、外の光が目の網膜で反射されて出てくる。昔、友人と奈良へ行ったときのこと。夕暮時、若草山に登り、眼下にひろがる町のあかりを眺めながらロマンティックな気分にひたっていると、周囲の薄暗がりの中から何十となく緑色に光る目らしきものがこちらをうかがっている。シカの群れである。もちろんシカの目も光を出すはずはない。わずかな外界の光の反射である。実に神秘的、というより不気味でおそろしくさえあった。

以上、いかにも目が内なる感情を表わしているかのような慣用句を取り上げて、そこに使われている「目」が実は目そのものではなく、目の周辺まで含めたものであることを明らかにしてきた。結論として、「目は口ほどにものを言い」ということわざは、「目」を目そのものと見るならば正しくない。ものを言っているのは目そのものではなく、周辺まで含めた目である。では、目そのものはどういうものを言っているだろうか。何を伝えてくれるだろう。逆に言うと、目を見るものはそこから何を伝えられるだろう。

第一に、それは先ほど触れたおそろしさではなかろうか。目はおそろしい。目はこわい。

この恐るべき微妙なひとみ。その目はうっかりそれに見とれた者の視線をひき寄せ、くらいつくすのだ。私はかつてしばしばつぶさに眺めたことがある、好奇心と嘆賞の念を起こさせるこの黒い二つの星を……　（ボードレール）

こういった妖艶な美しさを持つ恐るべき目にくらいつくされた人もいるだろう。しかし、これはごく特異な例で、こんな目がそこらじゅうにいくつも見られたら世の中立ちゆかなくなる。ぼくが「おそろしい」と言うのは、妖艶であろうがなかろうが、目の本来的なおそろしさである。

目はおそろしい。特にじっと見開いた動かぬまなこは正視するに堪えない。義眼がなんとなく薄気味悪いのも、死んだ人のまぶたを閉じるのもそうだろう。昔、娘がにらめっこしようと言うので、いたずら半分、まったく表情を消して、まばたき一つせず虚空をにらんでいたら、初めはけげんな顔をしていた娘は、しまいには「やめてえ」とベソをかきだした。人と話をするときの目のつけどころにも同じことが言えるのではないか。お互いに相手の顔を終始見つめたままということはまずあり得ない。横を向いたり、うつむいたり、タバコに火をつけたり、カップを口に持っていったり、その間を縫って適宜相手の顔を見るだけだろう。

ひたむきにこちらを見ていられると、非常に話がしづらいものだし、こちらもじっと見ているのが失礼のような気になる。これは、直視に心理的な威圧、恐怖を感じるからにちがいない。それを逆用したのが、相手に真実を語らせたいとき、たとえば被疑者に対する刑事、あるいはいたずらをした子どもに対する親の態度だろう。相手の顔を見すえて、視線をそらさない。見られているほうはだんだんバツが悪くなって下を向いてしまい、ときどき機嫌をうかがうように上眼づかいでチラッチラッと盗み見るようになる。日本語に「にらみをきかす」「にらまれる」

という表現がある。部下ににらみをきかすとか、先生ににらまれるとか、現実ににらむという行為はすでになくなっているのに、その行為にともなう畏怖の気持ちが、そこにはっきり生きている。

余談ながら、「目鼻立ち」とか「目鼻がつく」とか言われるとおり、目と鼻は顔の諸道具の中で主役を演じているが、その役柄は一八〇度ちがう。文字どおり「目と鼻の先」に位置しながら、目はシーリアスで鼻はユーモラス、言いかえると、目には悲劇性、鼻には喜劇性がある。

ゴーゴリの『鼻』は、鼻が道ばたに転がっていて、それがフロックコートを着て町を歩くからこそおもしろいので、鼻でなく目玉が道ばたに転がっていたり、町を歩いたりしたら、背筋が冷たくなるような恐怖を感じるだろう。

ピノッキョはうそをつくたびに鼻が高くなった。児童文学としては、そこはどうしても鼻でなければいけない。かりに出目金さながらうそをつくたびに目がにょきにょきのびてくるとしたら、子どもがそんな気味の悪い本を読まなくなることは目に見えている。目くそが鼻くそを笑うのは道理をはずれているかもしれない。しかし、心理的にはもっともと言わざるを得ない。

目は本来的におそろしい。だからこそギリシア人は、おそろしい怪物として、キュクロプスという一つ目の巨人や、アルゴスという体に無数の目をつけた妖怪を考え出した。日本でも、お化けといえば一つ目小僧とか三つ目の大入道が幅をきかせている。

自然界でも、目はやはり恐怖の対象であるらしい。よく「ヘビににらまれたカエルのように」と言われるが、これはただの言葉のあやではなくて、ほんとうにヘビににらまれたカエルは足がすくんで動けなくなるのだろう。多くの動物の縄張り争いや雌を獲得する雄同士のけんかも、だいたいにらみ合いから始まる。

おもしろいことに、本来自分にはたいした目がないのに、にらみだけはきかせるりこうな動物もいる。南米産のフクロチョウという大型のチョウは、後翅の裏に目玉のような模様があって、翅を開いたところを裏から見ると、フクロウの顔そっくりに見えるところからその名がついた。ガやチョウを食べるのは鳥で、鳥がおそれるのはフクロウのような猛禽類である。ただフクロチョウの場合、翅を閉じた状態では眼状紋が一つしか見えないから、ほんとうに鳥をおどすためかどうか多少疑問にも思われる。しかし、前翅あるいは後翅の表面に眼状紋を持っているガやチョウはかなりおり、ある種のガは危険がせまると翅を開いてそれを露出する。そして、こういった目玉模様が捕食者（鳥）にショックを与えることが実験的に確かめられているのみならず、鳥をいちばんびっくりさせる模様が、脊椎動物の目に似た一対の偏心円であることまでわかっているらしい。

ところで、目はおそろしいという認識はいったいどこからくるのだろう。それは、目がほかでもない見るものだからではないか。言いかえれば、見られることがおそろしいのだ。

ではなぜ見られることがそれほどおそろしいのか。おそらく、視覚が一瞬のうちに対象の全体像をつかむ力を持っているからだと思う。「群盲象を撫でる」ということわざがある。大勢の盲人が象を手でさわってみて、それぞれ象がどんな動物か言いあてる。鼻にさわった者は、象はヘビのように細長くくねくねした動物だと言い、腹にさわった者は、壁のような動物だと言い、足にさわった者は、太い丸太のような動物だと言った。みな部分的にはあたっているかもしれないが、全体的にはまったく見当ちがいである。もちろん、部分的なこまかい理解も時により必要にはちがいない。たとえば、象の足には針金のような剛毛が生えていること、象の腹はごわごわで、象皮病という病名がなるほどぴったりであること、象の鼻は決してヘビのように冷たくはないことも、時には知る必要が出てくる。そして、それは手でさわってみなければわからないが、全体象は目で見なければつかめない。逆に言えば、目で見られれば、こまかいことは別として、全体を一挙につかまれてしまうということである。

「群盲象を撫でる」は触覚が部分にとどまる話だが、聴覚はどうか。視覚と比較してどうなのか。たとえば野球の放送を考えてみよう。野球のゲームをラジオで聞く——これは野球のゲームそのものを耳で聞くのとはちがい、アナウンサーがいろいろ経過を説明して膨大な情報を追加してくれているわけだが（それがなければ何もわかりっこない）、それでもなお音を消したテレビにはるかに劣る。「打ちました、打ちました、センター、バック、センター、バック」とラジオのアナウンサーがしゃべるのを聞いても、われわれにわかるのは、バッターが打ったこととセンターがバックしていることだけ。一方テレビは緑の芝生の上を脱兎のごとく走るセンターのうしろ姿や、その向こうの観覧席でホームランになるかならないかはらはらしながら立ちあがってしまったお客さんの興奮ぶりまで鮮烈にとらえてくれる。

ほかの感覚——嗅覚、味覚もそうだが、それらどの感覚とくらべても視覚が処理する情報量はとてつもなく多い。人間にとっては、ものの空間的な認識とその量的な表現が大きな意味を持ち、そこから科学も生まれたわけだが、そういう認識なり表現なりができるのは視覚だけだという事実が、視覚の優位をもたらしたとも言える。たしかに、Aの長さはBの三倍であると判断することは、視覚以外にはできない。月が丸いことを鼻でかぎわけることはできない。

考えてみれば、理解、把握の意味で「見る」に関係した言葉を使うことが実に多い。「識見」「見解」など、「見る」は「考える」を意味している。「目明き」は「道理のわかる人」だし、「目明かし」とは、つまり、事件の道理を明らかにする職業のことになる。「世界観」「人生観」もそうである。「無視する」「重視する」「軽視する」「蔑視する」は、決して「見る」に限られた行為ではない。われわれが日常使うもの言いの中にも、視覚の優位がよく出てくる。「目にもの見せてくれる」とは言っても、「鼻にものかがせてくれる」とか「耳にもの聞かせてくれる」とは絶対に言わない。「何もかも見通し」「すべてを見すかす」のは元来は目の働きであることを思えば、目で見られることをおそれる、目がおそろしいのも当然と言うべきだろう。
視覚がそれほどすぐれものだとはいっても、ほかの感覚がなくてもいいということにはむろんならない。「百聞は一見に如かず」という格言があるが、「百見は一聞に如かず」と言えることも時としてある。聴覚もそれなりに大きな役割を果たしている。味覚も同様である。英語にThe proof of the pudding is in the eating. ということわざがある。平たく言えば「プリンのおいしさは食べてみなければわからない」。いくらためつすがめつしても、おいしいかどうかわかるわけがない。目はいくら逆立ちしても、味をみるという口の仕事は勤まらないのだ。それはそうだろう、「目」は逆さにしても「目」に変わりないのだから。

冗談はさておいて最初の問題に立ち帰ろう。「目は口ほどにものを言い」の「目」は目の周辺まで含めたもので、そこから出る「もの言い」は心の内なる感情や考え、つまりは限られたものでしかない。それに対し口から出る「もの言い」はすべてを網羅するから、出るものの範囲の点で目は口にとうてい太刀打ちできない。しかし、その限られたものに限って言えば、その強さは目のほうがはるかにまさる。たとえばある人が「悲しい」と言ったとき、その目のあたりに浮かぶ表情を（時にはあふれる涙まで）目のあたりにすれば、単なる言葉よりもはるかに鮮烈な悲しみを印象づけられるだろう。言葉は耳で聞き、表情は目で見ることからして、それも、先に述べたおそろしさまで感じさせる目の感覚器としての優位性で説明できる。

「目は口ほどにものを言い」――この目はただの目ではない。また目が言うものと口が言うものはものがちがう

そしてかずかずのパロディ。とりたてて説明の要もあるまいが、「ものを言う」に複数の意味があること、要注意である。

〔クイズ20〕「目がない」には五通りの意味があります。なんでしょう。

百見は一聞に如かず

――百聞は一見に如かず

一九四〇年代のアメリカの作家にウォルター・ヴァン・ティルバーグ・クラークという人がいる。ぼくは学生時代にぞっこんほれこんで、卒業論文のテーマにもえらんだ。それは『ポータブル蓄音機』と題する作品を書いていることが第一の理由で、ぼくの見るところ、これは世にある短篇小説の中でも最高の部類に属する。ざっと荒筋を紹介すると、場面は、核爆弾かなにかでまったくの廃墟と化した戦場跡。そこにたった四人生き残った人間が、それぞれ川っぷちの土手にトンネルを掘って穴居生活をいとなんでいる。ある日、その中でも長老とおぼしいドクター・ジェンキンズのところへ全員が集まる。それはみなで本を読み、音楽を聞くためだった。実はその長老、いよいよ世の終わりと悟って、人類の貴重な遺産である四冊の本、それにレコード数枚とポータブル蓄音機を持ち出していたのである。食うや食わずの状況にいながら、敬虔な気持ちで本を読み音楽を聞く四人の会話やその場の情景がいかにも感動的なのだが、さて、お開きになってそれぞれのねぐらに戻って行ったあと、ドクター・ジェンキンズはどうしたか。蓄音機を見えないところに隠し、入口に立って外の気配をうかがってから、しっかりと鉛の棒をにぎりしめて、粘土のベッドに横たわるのである。つまり、ほかの連中が強奪にくるのをおそれているわけで、心の底にひそむ互いの不信感に思わずぎょっとさせられる。

この小説のおもしろさを味わわせようと、あるとき学生に読ませてみたのだが、思わぬところでひっかかってしまった。まずはそのタイトルである。phonograph は「蓄音機」にきまっていると、こちらはまるで気にもしなかったのに、蓄音機（俗にはチコンキと発音する）を知らない学生が結構いるのに驚いた。（これは半世紀前の話で、今ならひとりも知らないかもしれない。）なるほど、「蓄音機」はその頃でもほとんど死語で、レコードをかける機械（?）はプレーヤーとしかいわないし、蓄音機などという昔の道具は目にすることもないのだから、知らないのもふしぎはない。そしてまた、蓄音機とはだれがつけた名前か知らないが、およそその機能とはうらはらな、どういう機械か想像だにできない名前である。音が蓄えられているのはレコードで、それを外に出す機械ということから、むしろ放音機と称してしかるべきではないか。

さらに学生たちが当惑したあたりを少し訳出してみよう。

「みんな蓄音機が聞きたいんだろ?」

「ええ、お願いします。」若い男は子どものようにはしゃいでいた。

ドクター・ジェンキンズはよっこらしょと立ちあがり、穴蔵の奥まで行って取ってきた黒い箱を、踏み固めた床の、たき火のあかりに照らされたあたりに、そっと大事そうに置いた。ケースに納めた古いポータブル蓄音機だった。ふたをあけると、きれいなラシャをかぶせた円盤があらわれた。

「いつもはイバラのとげを針に使っているんだが、今晩は鉄針を使うことにしよう。三本だけ残っている。」

「あ、そんなことなさらないで、とげでもいい音が出ますよ。」

「いやいや、わたしは慣れているが、ほんとはよくないね。あんたのために今夜はいい音楽を楽しもう。」

そして老人は、キイキイきしむハンドルを回しながら、おうように言うのだった。

「どうせいつまでももつわけじゃないし。」

学生の不審の第一は、電気もないところでどうしてレコードをかけられるかである。今は、電気がなければレコードを回すことも、音を出すこともできない。文明が進歩すればするほど生活は便利になるが、ちょっとしたトラブルがかつては思いも寄らなかった大きな不便どころか災害まで引き起こしかねない。

エジソンが最初作ったレコードは円筒型の蠟管だったが、その後円盤に変わっても録音・再生の原理には変化はなく、すべて機械的なプロセスで電気を必要としない。音は、針の振動をサウンドボックスなるもので共鳴させ、メガホンみたいなラッパから出していた。その後、機械的な振動を電気信号に一旦変換して、アンプで増幅し、スピーカーでまた機械的な振動に戻して、音として取り出す、今のプレーヤーと同じ方式が考え出された。当時これを電気蓄音機、略してデンチクと称していたが、ぼくの学生時代にはまだそれほど普及しておらず、デンチクを持っているということが、一種のステータス・シンボルとして自慢のたねにもなった。

電気を使わないから、ターンテーブルを回すのももちろんモーターではない、ゼンマイである。先ほどの訳文の中の、「キイキイきしむハンドルを回す」とあるのがそれで、学生はここのところが皆目わからなかったらしい。（今の学生ならなおのこと。なんのおまじないと思うかも。）原文は wind the phonograph となっているだけなので、「蓄音機を捲く」とはいったいどうするのか、まるで雲をつかむようだったにちがいない。実は蓄音機の箱の側面に穴があいていて、そこに自動車のクランクのような——これもわからないか——ハンドルをさしこみ、レコードをかける前にそれでゼンマイを捲くのである。これはなかなかたいへんな肉体労働だった。レコードがまた今とちがって片面わずか五分のＳＰ。つまり、五分ごとにえんやこらえんやこらと捲かなければならないわけだから、なみたいていではない。

そして針。ＬＰ時代は針先にダイヤモンドを使っていて、まず替えるという面倒がない。この小説に出てくるイバラのとげは、当時の学生、そして今の人たちにはなおのこと、奇想天外のように受けとられるかもしれないが、われわれオールドファンにしてみれば、それほど驚いたことでもない。昔はよく竹針を使った。竹を細い三角錐の形に加工したもので、先が斜めに切り落としてあり、その尖った部分をレコードの溝にあてるのである。そしてはなはだ便利なことに、竹針は、一度使うごとにそれ専用のカッターで先を削り落とせば、一本で何回も使えた。鉄針は一度しか使えない。レコード一面かけるたびに新しいのと取り替える。そして、好みにもよるが、竹針のほうがレコードが傷まないからと愛用する人が結構多かった。

録音もモノーラルからステレオになった。音源の左右にマイクロフォンを置いて、それぞれから出てくる信号をレコードの溝に別々に刻む。どうしてそんな器用なことができるのか。Ｖ字型の溝の左右二つののり面を使うという話を聞いたことがある。再生するときはその逆のプロセスをたどる。ところで、それをステレオ、つまり立体的というのも、考えてみれば妙な話で、立体なら手前と奥が別々に聞こえなければならないのにこれは左右のちがいだけである。オーケストラなら、左のスピーカーからは第一ヴァイオリン、右のスピーカーからはヴィオラが聞こえてくるが、木管と金管の前後関係まではわからない。（もっとも生の演奏を聞いてもそこまで識別はできないが。）

さて、W・V・T・クラークの短篇から話が始まり、蓄音機とはいかなるものかとそのメカニズム、さらには録音・再生まで論じてきたが、読むほうとしてはよくわからないことが多々あるだろう。「蓄音機の側面に穴があいていて」と言っても側面は四つあるうちのどれだとか、穴とクランク（？）状のハンドルとかの大きさはどうなんだとか、ラッパはどんなふうについているんだとか、針を取り替えるって、そもそもどこにつけるんだとか、細かいことは頭の中でおぼろげに想像するしかないだろう。そのもどかしさは書くほうも同じで、説明すればきりがないし、どう説明していいかわからないものもあるし、首をひねるばかりである。これはもういくら説明してもだめ。じかに現物を見てもらうしかない。**百聞は一見に如かず**、とはよく言ったものだ。一目見てあまたの疑問はすべて氷解。なるほど、なるほどで一件落着――とはいかない。

そもそも蓄音機とはなんのためにあるのか。レコードに蓄えられた音を外に引き出すための機械だ。そのメカニズムは現物を見てよくわかった。立体録音とその再生の仕組みもわかった。

左右別々にマイクロフォンとスピーカーを置けば左右別々の音が出てくる。なるほどこちら側からヴァイオリン、あちら側からヴィオラねぇ。大したものだ。そして肝心のレコード盤を見ると、作曲者だれそれ作品名なになにの第なん楽章なんとかなどと印刷されている。その能書きはわかる。しかし、いくら目を皿のようにしても、いちばんの目的である音は伝わってこない。レコードを蓄音機にかけ、耳で聞いてはじめて、ああ、これがカラヤンが指揮するベートーヴェンの「運命」かとわかる。まさにこれ

百見は一聞に如かず

ではないか。

視覚が五感の中で最優位を占めることは別のところに書いた。しかし、「プリンのおいしさは食べてみなければわからない」とも書いた。同じように「レコードの音は聞いてみなければわからない。」

それはそれとして、「一聞」の価値というものにも思いをいたさずにはいられない。ここ半世紀のオーディオ関係の進歩は目をみはるばかりである。SPからLP、そしてテープ。さらにCDあるいはVD。再生装置も変わって、音質がよくなっただけでなく、操作が格段に簡単、便利になった。針音や、ハムに悩まされたのがついこの間のような気がする。今はゼンマイ捲

きの苦労もなく、椅子に腰をおろしたまま、ボタンをチョンチョンと押すだけで、音楽が洪水のようにステレオ・スピーカーから流れてくる。それすらもう過去のものとなりかかって、スマートフォンさえあれば、いつどこにいても、好きな曲を好きな演奏で聞き放題聞けるという世の中である。こんなことがあり得ようとは。昔の苦労、今いずこ。

しかし、苦労のないのは悪いことではないにせよ、こんなふうにあまりにも楽々となんの努力もなく音楽が楽しめるのは、手放しで喜んでばかりはいられないような気もするのである。昔は苦労が多かった反面、それだけ聞くのも真剣だった。ゼンマイ捲きに汗をかいたあと、せっかくの音楽が、一方の耳から入ってもう一方の耳から出て行くだけで、あとになにも残らないのでは、苦労のしがいがないというものだろう。音そのものが小さいし、雑音もまじっているので、耳をすまさなければ聞きとれない。いきおい精神を集中しないわけにはいかなかった。今は、音楽を聞くことがまったくあたりまえの日常的ないとなみになって、覚悟といっては大げさだが、なにか心の準備を要するような、あるいは心に準備を強いるような、重いものではなくなってしまった。音楽は軽く楽しめるもの。そう、軽く楽しめるということ自体は、べつに悪くないと思うのだが、いつもかるーく、かるーく、たとえていえば漫画を読むように楽しむばかりで、はたしていいものだろうか。

軽いというのは、心理的のみならず物理的にもそうで、昔のＳＰレコードはおそろしく重いものだった。本と並んで、目方のかかるものの双璧だっただろう。家を建てるときには、レコード・キャビネットを置く部分は床を補強したほどである。昔、友だちの家に集まってレコードを聞こうというときなど、自慢のレコードを持ちよるわけだが、運べるのはせいぜい五、六枚。演奏時間三十分のもの二曲である。昭和二十三年頃、西伊豆の戸田にある東大の寮へグループで旅行したとき、なんとご苦労なことに、ポータブル蓄音機とレコードを十枚近く、手わけして持って行った。モーツァルトのオーボエ四重奏曲、バッハのブランデンブルク協奏曲第三番、シベリウスのヴァイオリン協奏曲などだったと思う。そんな曲名までおぼえているのも、それどころか、松の木立をわたる海風もろとも、ブランデンブルク三番の弦楽合奏を満身に浴びたあの爽快感がいまだに残っているのも、それまでの苦労あればこそではなかったか。

「レコードは一週間に一度しか聞かないことにしている。一度に一曲だ。結局は、そのほうがよく頭に残るものさ。」

レコードをできるだけ長持ちさせようとしたドクター・ジェンキンズのこのせりふがひとしお身にしみる。

〔付記〕

「蓄音機」という日本語はおかしいという話をしましたが、もとの英語 phonograph も実はおかしいんです。phonograph はギリシア語の phōnē（フォーネー）（「音」）と graphein（グラフェイン）（「書く」）が語源で、つまり「音を書く（記録する）」という意味になります。録音する機械ではないのにヘンですね。

リッチな麺の具だくさん
——律儀者(りちぎもの)の子だくさん

ぼくは子どもが四人いる。男ふたりに女ふたり。こういう構成をパーフェクトファミリーというらしい。それだけではない。ぼく自身がパーフェクトの四人きょうだいだし、妻もそう。これは珍しいだろう。自分で言うのもへんだがまちがいなく稀少種だと思う。何がパーフェクトなのか。別にしあわせとか安心とか、家庭内の状況が最高この上なしということではなく、ただ父母兄弟姉妹が全部そろっているだけのことだろう。しかし、現実の問題として、やはり今までもしあわせだったし、今もしあわせだと思っている。もちろん、いやなことつらいことはあった。家計のやりくりはたいへんだったし、人数が多いからこそそのいざこざもあった。それを乗り越えての話である。

昔は四人の子持ちなんてちっとも珍しくなかった。それ以上の人もざらにいた。だいたい七、八人かそれより多くなければ子だくさんとは言われなかっただろう。父のきょうだいは残念ながら三人、母はりっぱなもので七人、いちばん近くに住んでいた親戚、父の妹のところは五人、仲よしの隣家は五人といったぐあいである。

時代がちがった。古きよき時代——裏を返せば、今は新しき悪しき時代ということにも……。いや、ほんとにそんな感じもしてくる。何から何までおそろしく便利になった。誰も彼も車を持っている。夏には冷房、冬には暖房がある。蛇口をひねればいつでもお湯が出る。電話にテレビにパソコンにスマホに、何やかや一見豊かでしあわせのはずなのだが、どうもそうではないらしい。そもそも子どもを持ちたいけれど持てない世の中がどうしてしあわせといえよう。
父の時代には大学を出たら結婚して一戸建ての借家に住み、女中を置くのは当たり前だったから、子育てにもさしたる苦労はない。もちろん、当時大学と名のつくものは数えるほどしかなく、大学出は超エリートだったにちがいないから、戦後、雨後のたけのこさながらあっちに

もこっちにも大学ができて、大学へ進学するのがあたりまえという昨今とくらべるわけにはいかない。しかし、高等教育を受ける機会に恵まれなかった長屋住まいの一般庶民も結構子宝には恵まれて、苦労はしながらも健気（けなげ）に明るく暮らしていたように思う。

民主主義は広まり、機会均等、男女同権は進み、全般的に人びとの生活水準は昔にくらべてはるかに高くなっているのに、幸福感という点ではむしろ低下し、その端的なあらわれとして子どもも産めないとはいったいどうしたことだろう。

フランスは少子化阻止にみごとに成功し、若い人は子どもを産み育てることになんのリスクも感じないという。これは政治の問題であるにはちがいないが、根底には人びとの意識のありようがかかわっている。早い話、子育て支援のため何らかの制度、設備が必要となればかねがいるだろう。つまりは増税となる。しかし、増税は断固反対なら埒はあかない。何も進みようがない。

戦後日本は世界が驚くような復興発展をなしとげた。所得倍増をうたって、ひたすら利得、利便性、効率の向上を追求した。オリンピックではないが、より早く、より多く、より大きくをモットーに。その流れがいまだに続いている。そしてたしかにそれなりの成功を収めた。しかし、それは「もの」の次元での話である。成功したからといって、心の充足が得られるわけではない。新しいものを手にすれば、当座は嬉しくとも、やがて輝きは失せる。端的に言えば、日本人は「もの」を得て「こころ」を失った。
つきつめれば、幸福とは何かという問題にまでさかのぼる（あるいは、行き着く）のだろうが、その話はまた別の機会にゆずるとして、さしあたって言いたいのは、もう少し不便、苦労に耐える、というか慣れる必要があるのではないか、生活水準が多少下がってもいいではないか、ということだ。

数年前に高校生が「携帯のない生活なんて考えられない」と言っていた。今なら「スマホのない生活……」だろう。かつては電車に乗ると乗客の大半が新聞かマンガ雑誌を読んでいた。先日電車内でふとあたりを見回すと、ずらっと座っている客の八割ぐらいが、左手にスマホを構え、無表情に指をちらちら動かしながら画面に目を注いでいた。一種異様な薄気味悪い風景だった。携帯もスマホもなくても日常の生活に大した支障の出ない人はぼくひとりではない。そんなにスマホいのちとばかりに抱えこんでしあわせなのかと思ったらそうでもないようで、「死にたい」とつぶやく人が続出し、見も知らぬ男から「じゃあいっしょに死のうか」と嘘八百に誘われ、あっさり殺される世の中である。

どうも縁起の悪いほうへ話が進んでしまったので、改めて本題に立ち帰ろう。
「律儀者の子だくさん」というけれども、そもそも律儀者と子だくさんの間にいったいどんな関係があるのか。律儀者とはまじめで義理固く、他者との関係でなすべきことをきちんと果たす人、早い話お礼、返礼を忘れないような人だろう。洋の東西を問わず王侯、殿様は、直系の子孫を絶やさないためにハーレムや大勢の側室を抱え、今日はこちら明日はあちらとそれこそ律儀に夜ごと訪ね回っていたから、中には何十人も子をなす人もいたらしい。まさしく「律儀者の子だくさん」だが、庶民には縁遠い話である。例によって『広辞苑』をひいてみると、

○律儀者の子沢山
　律儀者はまじめで品行が正しく家庭が円満だから、子供が多い

とある。たしかに、品行が悪く、夜遊びばかりして、夫婦がしじゅう角突き合わせていれば、なかなか子どもができるという段にはなるまい。ニューヨークで大停電があったとき、その後十か月あたりに生まれた子どもが統計的に多かったという、冗談ともほんとうともつかぬ話を聞いたことがある。ほんとうとしても不思議はない。夜、暗くて外にも出られず、家にいてもろくに何もできなければ、寝るほかないだろうから、子どもができる確率は高くなるにちがいない。それはともかくとして、家庭円満、夫婦仲よく、夫は夫として妻は妻としてきちんと生活できるような態勢があればこそ子宝にも恵まれるのであって、何も四角ばった律儀者である必要はない。少子化対策もそういう根っこのところから考えなければならないのではないか。

過労死が出るような社会は話にならない。
方向を変えて『ことわざ辞典』をのぞいてみると、ずいぶん趣きがちがう。

律義者の子沢山

【訳】　正直者ほど子をたくさんこしらえる。
【解】「律義」とは義理をよく守ることの意で、道理にかなったよい態度なのだが、あまりよすぎて、時にばかを見るきらいがある。子だくさんにしても、結構な話なのだが、暮らしはそれだけ貧しくなり、見方によっては困りものである。まじめに働く者だけに、はたから見るときのどくな感じもする。計画出産ということの行なわれなかった時代の、快楽を外に求めなかった人の話である。

「困りもの」とはいったい誰にとってなのか。子どもがたくさんいるからといって、ひとに迷惑などかけてはいない。子どもをこしらえておいて、自分のことを困った人間だと思う人もいるまい。子だくさんを見て「ああ、気の毒に」と感じる人がいるだろうか。うらやましいとまではいかないにしても、「よくやっているなあ」と感じるのが大半ではないか。そしてこのことわざがなかば感心、なかば好意的な揶揄として出てくる。山上憶良の言うように、昔は、子にまさる宝はない、というのが一般的な感覚だったし、今でも人びとの心の奥底にはそれが残っていると思う。「子は三界の首っ枷」ということわざもあるが、これはむしろ親の子に対する情の深さをあらわしていることわざではないか。そんな枷はまっぴらごめんと言っているわけではなかろう。

子どもを持つ、持たないは個人の自由にせよ、全体として多くなるに越したことはない。それを「困りもの」と感じるようでは少子化に拍車がかかるばかりである。

「リッチな麵の具だくさん」――バイトに疲れた学生、あるいは仕事に追われる営業マンが喜んでとびつきそうな夜食、ないしは昼めしである。ぼくも若いころにはこういうものを出す店を探し歩いたかもしれないが、あいにく年とともにちょっと距離を置くようになっている。

基本的には麵大好きの部類である。うどん、そば、そうめん、中華そば、パスタ、なんでもござれ。昔、十二指腸潰瘍、胃潰瘍を患い、当時は外科手術で部分あるいは全摘が大勢を占めていたのに、運よくというか幸いに担当の医師が手術嫌いで、投薬だけで完治までもっていってくれた。今はそれが当たりまえの簡単な病気だが、当時手術はしたが予後が不調という人が周囲にかなりいたので、ありがたいきわみだった。それ以上にありがたかったのは、妻が食養生にとことん気を配ってくれたことで、病気から回復して以後半世紀も生き延びているのは、ひとえにそのおかげとまことに感謝にたえない。

そのころ、昼食は胃に優しいうどんとだいたいきまっていた。（大学勤めは、昼は自宅がかなり多い。）どうもそれから昼食は麵類というのが習慣になったようである。外出して昼めしどきにかかっても、必ずと言っていいほどそば屋ののれんをくぐる。

遺伝的な嗜好もあるのだろうか、父もそばが好きだった。池の端の蓮玉庵が行きつけの店で、ぼくも二、三度お供したことがある。ぼく自身はそれほど店へのこだわりはない。ある程度おいしければ、そして雰囲気に難がなければＯＫ。

こだわりといえば、自宅で麵を食べるとき、つゆは必ず昆布とかつおからとった自家製のだしを使う。この点妻は一徹で、よほどのことがない限りでき合いのめんつゆなどは用いない。だいたいがインスタント嫌いで、わが家はカップ麵を食べたことがない。地球上何億という人がうまいうまいと言って食べているらしいから、こちらも実際に食べてみたら「意外においしいね」と思うかもしれないが、自家製で十二分に満足していて、鞍替えする気がおきないだけの話である。

麵についてはまだいろいろ話題もあるけれども、本題から遠くなるばかりだからこのへんでストップ。若い人たちが具だくさんのリッチな麵を食べ、そのエネルギーで子だくさんに——

なるわけないな。

〔クイズ 21〕 具だくさんの「具」と同じ意味の「具」は次の熟語の中のどれでしょう。
①玩具、②具象、③道具、④具者、⑤具足。

雪はよいよい凍ればこわい
——行きはよいよい帰りはこわい

雪崩（なだれ）はこわい。毎年のように犠牲者が出る。去年の三月に栃木県の高校山岳部員が合宿中に遭難したのが記憶に新しい。雪崩には二つ種類がある。一つは、積雪量が多くなって斜面の雪が自重に耐えられず全体が崩落する底雪崩。もう一つは、雪の表面が凍りその上に新雪が積もると、滑りやすいために新雪だけ崩れ落ちるもので、表層雪崩と呼ばれる。先の遭難は後者と思われる。

昔、しばらくうちに寄宿していた東大生が山岳部で雪崩にぶつかった話をしてくれた。「斜面に立っていたら、上のほうの木がだんだん遠くなってくるんですよ。あれれと思ったら雪崩の上に乗っかっていて、そのまま斜面の下まで持って行かれ、首まで埋まっちゃいました。」まるで笑い話だったが、実際は笑ってすませるようなものではない。たまたま規模が小さく、斜面も短かったため無事だったのだろう。これは情況からして表層雪崩で春先によく起こる。とにかく積もっている雪の表面が凍ってその上に新しく雪が積もると危ないのだ。凍るのは危険信号！

昭和十五年頃だったか暮に志賀高原にスキーに出かけた。毎年冬休みに、暮から正月にかけて五日ほど家族でスキーに行くのが慣例で、はじめは赤倉だったのが、少し前から丸池にホテルが建ったのをさいわい、志賀高原に変わっていたのだ。ぼくはまだ中学生で、冬休みはこれが楽しくてたまらない。昼間さんざん滑ったあと、夜はトランプに興ずる。当時日独伊三国同盟が締結されていてドイツと仲がよく、ホテルにはドイツ大使館員が何人も泊っていて、ロビーでレコードに合わせてカプルが軽くステップを踏んでいるのが見られたりした。その中にジークレット・クロンメンという名の女の子がいて（よくも名前までおぼえているものだ！）、とてもかわいいのでいっしょに遊びたかったが、言葉がわからないので話しかけもできず、じっとその姿を目で追っているばかりだった。

ぼくはスキーをふっつりやめて今年でもう七十年近くになり、その間まったくスキーとは縁が切れているので、近頃のスキー事情――道具とか技術とかは全然知らないし、そもそもスキー場の雰囲気とか、スキーで滑るという概念からして昔とはずいぶん変わっているような気がする。

今はリフトに乗って斜面の上まで行き、初心者向きなり上級者向きなり固くかためられたゲレンデを、まっすぐに、あるいは途中でターンをくり返しながら滑り降りてくる。それがスキーというスポーツ、遊びである。昔はリフトなどない。赤倉で当時全国ではじめて、ボートのようなかっこうの橇をケーブルカーよろしくワイヤーで引っ張りあげる仕掛けができた記憶がある。固いゲレンデもない。宿の近くや周辺に立木のまばらなスロープがいくつかあり、技術経験に応じて適当な場所をえらぶ。スキーをはいたままジグザグに上まで登ってから、やおら滑り降りるわけである。そのとき斜面は固められていないから、スキーの板が雪の中に十センチ、二十センチぐらいは沈みこむ。下まで降りて振り返ると、直滑降ならまっ直ぐのシュプール（滑り跡）がすーっと斜面に描かれている。上級者は足がそろっていてきれいに一本なのだが、初心者はへっぴり腰で足が開いているから二本になってしまい、「馬橇（ばそり）だね」とからかわれる。板が雪に埋まっているから回転・停止はゲレンデのように簡単にはいかない。かなりの技術がいる。それを克服し、たとえばテレマークでスラロームしてできた蛇行のシュプールは、得も言われず美しい。いまどきのスキーでは、こういった感動は味わえないのではないか。

さて父は元来山好きなので、スキー旅で滞在中も一日は必ず山に登る。昔はゲレンデスキーに対して山スキーと称したものだが、今はもっとしゃれた呼び名があるのだろう。要するにスキーをはいた登山で、帰りは滑って降りられるのがミソである。ともあれこの年もそうだった。好日を見はからって出掛けたのは、多分近くの岩菅山あたりだったかと思う。一行は父と兄とぼく、それに父の友人と合わせて四人だった。

行きはよかった。雪もよかった。おとなの膝ぐらいの深さで、先頭を行くリーダーはラッセルにちょっと苦労するが、ぼくら子どもふたりはその踏み跡を進むだけだから大したことはない。登りには後滑りを防ぐためのシールをつける人が多かったが、たまに下り勾配にさしかかったときにおもしろくないし、主義として（？）ぼくらは使っていなかった。（因みにシールとはアザラシの毛皮で板の裏に装着すると、歩くとき毛が逆立って後滑りしない。）

鼻の奥がつんとするような冷たい空気を吸いながら樹間を進む心地好さったらなかった。あくまでも青い空。樹々の幹と積もった雪の間にできた隙間から、陽光を浴びてうっすらと湯気が立ち昇る。そよ風に揺れて枝先から落ちる雪粒がきらと光る。ところどころに特徴のあるウサギの足跡が斜面の上まで続いている。寂とした空間を破って、雪を払い落としはねかえる小枝がばさと音を立てる。

すばらしい雪景色を楽しみながら目的地へ着き、用意したサンドイッチと紅茶で昼食。手近な小斜面で滑ったり転んだりしたあと、下りにかかった。白樺の木立ちの間をねらって斜滑降で降りて行くのがまた楽しいものである。ところが父の友人が地図を読みちがえたらしく、道に迷って妙なところへ出てしまった。沢にかかった丸木橋をスキーをはいたままカニ歩きで渡るという軽業めいたことまでやりながら降りて行くが、「ここはどーこの細道じゃ」でなかなか元来た道に行きあたらない。あたりはだんだん暗くなるし、何よりも気温がぐんと下がって、表層の雪が凍り始めた。アイスバーンのようになりかけて、スキーの操作が思うようにいかない。つるつるして思い切って先へ進めないのが困る。おっかなびっくり足を運びながら、もう帰れないかもしれない、こんなことならくるんじゃなかったと、子ども心に泣きたくなるのをがまんしているうち、やっと下のほうにちらちら明りが動いているのが見えた。ホテルの人が遭難を心配して出てきてくれたのだった。

ほっとした。ほんとうに嬉しかった。そしてなんとかホテルにたどり着き、身も心もあらず心配していた母や姉妹と抱き合ったときの喜び。思わず涙が出そうになった。そのくせ一方では「おれ、遭難しかけてん」と、友だちに自慢したいようなヒーローめいた部分もないではなかった。

ホテルのマネージャーたちも「ご無事でよかったですね」と安心と喜びの色を隠さない。そしてロビーにはちらほらとドイツ人の客の笑顔。しかしジークレットの姿は見えない。ちょっぴり残念だった。

雪崩に関係はないが「雪はよいよい凍ればこわい」。そしてまさに「行きはよいよい帰りはこわい」の一幕でした。

〔クイズ 22〕
雪崩と書いて「なだれ」と読ませますが、「なだれ」と「雪」は一見何の関係もなさそうです。そもそも「なだれ」とはいったい何でしょう。

容貌を見て名を名乗る
——泥棒を見て縄をなう

終戦後間もなく社交ダンスがはやりにはやって、それこそ燎原の火のごとくにひろがったのは　どういうことなのだろう。解放感のあらわれとか理屈をつける人もいるが、それは別にダンスに直接結びつくものではない。ひょっとすると進駐軍の影響があったのかもしれない。まあ、理由、原因など詮索するだけ野暮というものか。社会現象もファッションと同じで、はやりすたりは理解の及ぶところではない。

ともあれ、われもわれもとダンスを習い始め、あちこちにダンス教室ができる。大学の中にもその手のサークルが生まれて、たびたびダンスパーティが開かれた。時にはオーケストラのメンバーが生演奏を頼まれて小づかいかせぎに出かけたりもした。

そのうち自分もやりたくなって近くの教習所に通い始めた。それが歴史も古ければ格式も高く、競技会に出る人を養成するような施設で、そんじょそこらの、ちょこちょこっとステップを教え、覚えこめばはい結構とおしまいにするところとはわけがちがう。レッスンの日は、まず鏡を前に二、三十分は歩く練習ばかりやらされる。ステップを教えられ、実地にパートナーと組んで踊るのはレッスンの後半だけ、その間もずっと先生の目が光っている。この年になって姿勢がいいとかフットワークが軽いとかお世辞にもせよ言われるのは、このときの習練のたまものかもしれない。

ダンスを習うからにはパーティに出ないと始まらない。やがてその機会がやってきた。高等学校時代の仲間が主催するパーティで、当時何かとつながりのあった女子高出身のグループも招待されていた。今とちがって男女のつき合いはそう手早くばたばたとは運ばない。このときもはじめは双方とも固くなって壁に張りついていたのが、次第にほぐれてきて、あちこちにそれぞれパートナーを見つけたカプルができあがった。ぼくもざっとあたりを見渡すうち、壁の花の一輪にふと目がとまった。容貌が子どものころ近くに住んでいた女性にそっくりだったのだ。

さっそく進み出て「よろしくお願いします。別宮と申します」と名乗りをあげて踊り始めた。周囲にはほかの連中がそろそろと慎重に足を動かしている。その中を日頃鍛えた技を発揮するのはこのときとばかり、エクシビションよろしくホール狭しと踊りまくったからたまらない。あっちでぶつかりこっちでぶつかり、そのたびに「ごめんなさい」「ごめんなさい」と頭を下げる。結局早々に切り上げて、パートナーの幼なじみそっくりさんにも「どうもすみませんでした」と謝る仕儀となった。

まさに「容貌を見て名を名乗る」をそのまま地で行く一幕である。ただ、この句からふつう連想されるのは、何かの会合とか集まりとかで、ふと目にした女性の容姿に心を奪われ、なんとかつき合いたい、まずはデートにでも誘って、ともくろんで、名刺を渡すなり、携帯の番号を教えるなりする男性の姿だろう。この一幕はそんな状況とはまったく縁がない。今日の青年がこれと同じ立場に置かれたとしたら、そのあといろいろ話が展開していくにちがいない。ぼくの場合、文字どおりの一期一会、これっきりであとのない事件だった。

なにしろ「男女七歳にして席を同じうせず」の儒教的倫理で育てられた世代である。満六歳で小学校にあがったときからクラスは男女別だった。もちろん同じ人間だから、ささやかながら男女の触れ合いがなくはないし、男と女にまつわるふざけや冗談、いたずらにもこと欠かない。たとえばスカートめくり——あれは別にけしからぬ意図があるわけではない、ただ女の子がキャーキャー言って逃げ回るのがおもしろくてやっているだけの話である。ぼくは低学年のころ悪童たちから「べっぺん〔方言〕さんのかのじょ」とか「ロカリロロロ」〔漢字の別品を分解したもの）とはやしたてられた。よっぽどかわいい女の子のように見えたのだろう。それを聞きとがめた先生が「なんや。別宮はロカリウロノロやないか」とたしなめる。先生は助け舟を出したつもりだったのだろうが、こちらはよけいからかわれたような気がして無性に悲しかった。

付け文（？）をされたこともある。同学年女子組のよくできる子から、ある日そっと手紙らしいものを手渡された。なんのことやらわけがわからず、思いあまってそのまま先生に「こんなもんくれた」と渡してしまった。女の子は先生に呼ばれて叱られたのだろう。翌日うらめしそうにこちらをにらんでいるのを見て、ただ言葉もなくうつむくばかりだった。かわいそうに、なんとつれないことをしでかしたものか、と今でも胸が痛む。

ともあれ、小学校を出れば男子は中等学校、女子は女学校に入る。小学校ではクラスは男女別とはいえ、生徒は両方いた。中学以上になると、男か女、片方しかいない。そして女子は、一般的には女学校を出れば結婚するか、自宅で家事手伝いをするかで、職につくなどむしろ恥ずかしいことのように思われていた。つまり、男の側からすれば、学校にいる間はもとより、卒業して社会に出ても、身のまわりに女はひとりもいないわけである。親しいつながりのある女性は家族、親戚、近所の人、学友の姉妹、その他関係者に限られると言ってもいい。昔は思春期の男女にカレ、カノジョなどいないのがあたりまえで、異性と睦ましげに歩いていると、いやらしいものを見るような目つきで振り返られた。今はいるのがあたりまえで、モトカレとかモトカノとか汚ないことこの上ない言葉まで生まれている。

　こういうわけで大学生といってもまことに初心(うぶ)なもので、初対面の異性にはどう対処したらいいのかわからない、どんな話をすればいいのかわからない。といっても、それはぼくひとりの感じ方、とらえ方にすぎず、世間一般にはもの慣れたスマートな男性が数多くいたのかもしれない。そのへんはよくわからないが、とにかくぼくがそちらの側でないことだけはたしかである。

　因って件(くだん)の如し。「容貌を見て名を名乗る」の一幕となった。

　そこでもう一つ、まったく異なる状況、異なる内容でこの句にそれなりのかかわりがある経験を紹介するとしよう。


　五歳のとき西宮の浜近くから山の手の住宅地に引越した。さっそく隣家へ挨拶に行ったら、小さな男の子がいて、お姉さんらしい人から「この子ツトムっていうの。お友だちになってね」と引き合わされた。一瞬その顔を見てぎょっとなった。顔半分赤黒いあざでおおわれている。あざなんてまだ聞いたことも見たこともなく、あとで教えられたのだが、容貌怪異は大げさにせよ、子どもを尻ごみさせるには十分だった。しかし、なんとなく人なつっこくてにこにこ笑っている。その表情にひかれて、生来ひっこみ思案で親のかげにかくれてばかりいるくせに、そのときばかりは「ぼく、ノリちゃん」とこちらから名乗りをあげた。「容貌を見てなお名乗る」である。

思ったとおりいい友だちになれた。毎日のようにいっしょに遊んだ。同い年だがぼくは早生まれで学年は一年上。学校から帰ると、家の北側の小窓をあけて「ツ、ト、ムちゃん」と大声で呼ぶ。あるいは向こうから先に家の南側の子ども部屋から「ノーリーちゃん」と声をかけてくる。電話などまだそう普及していない時代で、電話をかけるには受話器をあげて交換手に番号を告げ、しばらく待っていなければならない。じかに話し合うほうが早手回しである。

遊ぶのはこちらから出向くことが多かったが、ツトムちゃんがいなくても部屋に上りこみ、帰ってくるまで勝手に書棚から本を出して読みながら待つこともよくあった。それこそいろいろな遊びをした。椅子をひっくり返して基地を作ったり、押入れにもぐりこんでお医者さんごっこなどいけない遊びもした。ツトムちゃんは末っ子でお姉さんが四人という珍しい家族。いちばん下のお姉さんがかわいがってくれ、こちらもそのお姉さんがいっしょだと嬉しかった。

ツトムちゃんのお父さんは後に文化勲章を授与された偉い医学者ながら実に気さくな人で、ひまなときにはしょっちゅう子どもたちと遊んでくれる。ぼくらとキャッチボールをしたり、女の子たちもまじえて室内ゲームに興じたり、ちょっと足をのばして六甲のふもとあたりまで大勢で散歩に出かけたりもする。すもうをとって容赦なくたたみにころがされたこともある。

柔道まがいに押さえこまれ、「どや参ったか」と言われて大泣きしたこともある。ぼくが家族同様入りびたっているものだから「ノリ公、おまえどこの子や?」とからかわれた。

ツトムちゃんは月に一回あざの治療に大阪の病院に通っていたが、よくなる様子はなかった。しかし、自分の容貌については、まったく引け目を感じていないようだった。ぼくに対してはもちろんそうだし、はじめての人に会って相手がちらと驚きの表情を見せても平気な顔をしている、あるいは学校で多少のいじめにあっていたかもしれないが、それが表に出たことはない。頭がよく成績抜群だったから、ほかの子は頭が上がらなかったのだろう。ぼくもいつもいっしょにいるときツトムちゃんのあざのことが意識にのぼったことはまったくない。ごくふつうにじゃれ合っていた。ふたりの仲がいいことは学校の先生たちもよく承知していて、担任の先生から「どや?ツトムと元気にやっとるか。すもうとったらどっちが強いんや?」などと声をかけられることもあった。ぼくの卒業式では在校生代表としてツトムちゃんが送辞を、卒業生代表としてぼくが答辞を読むことになった。

中学(神戸一中)もいっしょに通った。登校時には向こうが先に迎えにきてこちらは遅れ気味、電車の駅まで走って行くのが常だった。中学では遊びも高級になる。ツトムちゃんは将棋が強かった。少し学年が上になると、近所の子をもうひとり入れて花札をやった。さらに上になると、ポーカーの役のできる頻度(確率)をワンペアからロイヤル・ストレート・フラッシュまで全部、ふたりでああだこうだと議論しながら計算したこともあった。

室内だけではない。神戸一中はサッカーがさかんだから、家へ帰っても道路や空地でボールを蹴り合ったり、コーナーキックからヘディングシュートの練習をくり返したり、ふたりでやることに事欠かない。野球はキャッチボールにバッティング。ピッチャーとしてはぼくはオーバースローのストレート、ツトムちゃんはアンダースローのゆるいくせ球、バッターとしてはぼくは左打ちの強振、ツトムちゃんは右打ちでバントが得意と、妙に対照的なのがおかしかった。小学生時代から続けていたテニスも結構うまくなって、日曜日に近所のおとなたちにまじってゲームをするのが楽しみになった。

海にも行った。山にも行った。スキーにも行った。昆虫採集にも行った。なんでもいっしょだった。

昭和十八年、ぼくは四修（中学四年修了）で運よく一高（第一高等学校）に入学した。運よくというのは、その年、あまり得意ではなかった英語が敵性語ということで入学試験科目に入っていなかったからである。合格のしらせは、発表を見に行ってくれた東京在住の伯父の茶目っ気たっぷりな電報で届いた。「ノリコウエライゴノジダ　オジ」。さっそく隣へ行ってツトムちゃんに「なんやけったいな電報が来よってん」と告げると、居合わせたお姉さんたちまで「合格のゴの字にきまってるじゃない。ノリちゃんえらーい」と歓声をあげて喜んでくれた。

しかし、東京で寮生活を始めるようになって、ふたりの日常的なつながりはほとんどなくなってしまう。ただ休暇で西宮へ帰ったときに再会を楽しむばかりだった。

やがて戦争は次第に激しさを増す。ぼくは病を得て休学し東京西郊の自宅で療養する身となった。三月十日の東京大空襲では東の空が赤く染まるのを、防空壕の上に立って見ていた。そして、このあたりも飛行機工場が近くにあるし危ないのではないかと考えて、疎開のつもりで家族全員、父の住む西宮に移った。五月頃だったと思う。ツトムちゃんはその年第六高等学校に入学して、岡山で暮らしていた。

西宮のほうが安全と思ったのがとんだ目算ちがいで、ふらりと飛んできたアメリカ機が気まぐれに落した焼夷弾一発で、あろうことか一キロほど離れたところにあるツトムちゃんの親戚の家が焼けたり、これも気まぐれか、家から二百メートルほどのところに爆弾を落され、落下点に面した窓ガラスが全部割れるという目にもあった。そのときの爆弾が風を切って落ちてくる音のおそろしさったらなかった。今でも思い出して身がすくむ。

そして終戦を間近に控えた八月初旬、ついに西宮も絨緞爆撃の生贄となる。うちは男手三人あり、しかも近々空襲があるだろうと予測して準備おさおさ怠りなかったから、屋内に落ちた焼夷弾数発をなんとか消し止めることができた。しかし近隣の人たちは逃げの一手。うちだけ残って周囲は焼野原と化してしまった。隣家も焼け落ちた。その前後ツトムちゃんはどうしていたのかまったくおぼえがない。お姉さんたちの動静は断片的に思い浮かぶのだが……自宅にいなかったのか。交通事情が逼迫していたから岡山から帰ろうにも帰れなかったのかもしれない。ともあれ、ツトムちゃん一家は、数百メートル山の手にある親戚の家が空いていたのでそこへ引っ越し、当座の生活には一応困らない様子だった。戦争は終わりを告げ、学校の授業が再開する翌年の四月まではまるまる休みである。ひまにあかせてしょっちゅうツトムちゃんの家へ遊びに行った。碁を打ったり、キャッチボールをしたり、駄弁にふけったり……正直に言うと、いちばん下のお姉さんのほうに会いたかったのだ。

明けて三月、ふたりはそれぞれ家から西と東へ別れて学業に戻る。八百キロの空間にへだてられ、各自当面の生活に励んで、接触はほとんどなくなった。ある年（昭和二十二年？）の夏休みに西宮へ帰ったとき、ツトムちゃんから、大阪大学で原子物理学の公開講座があるから行ってみないかと誘われ、まんざら興味がないわけでもないのでくっついて行った。こちらはぼーっと聞いているだけなのに、ツトムちゃんは一生懸命ノートをとっている。どうやらその頃から自分の進む道をはっきり見定めているようだった。

昭和二十四年に、うちは西宮を引き払って家族全員東京に移った。もうふたりが会う機会はまったくない。ぼくは東京、ツトムちゃんは大阪の大学に進学する。こちらは音楽にのめりこんでハチャメチャな生活を送っていたが、向こうは着実に一本の道を進んでいたにちがいない。

結局ぼくは神学校へ入る決意を固めるのだが、入学の前の年に所用で下阪したついでに、ツトムちゃん一家に別れを告げるため西宮に立ち寄った。お姉さんたちはカトリックの洗礼を受けていたので、ぼくの聖職者志望を喜びとさびしさ半々に受け止めてくれたが、ツトムちゃんは「いやになったらさっさと娑婆へもどってこいよ」と、むしろそちらに期待をかけているようだった。

そのとおり娑婆へもどってきたのだが、幼いときの思い出はそのままに、まったく縁が切れてしまった。大学を卒業し結婚。そしてツトムちゃんも結婚したことを、偶然の機会に東京在住の上のお姉さんの口から聞いた。ぼくの心の片隅にずっと引っかかっていたのはそのことだった。よかった。嬉しかった。容貌を見てなお名乗りをあげる女性がいたことが。

〔クイズ 23〕

「日本人の名前」というテレビ番組が人気を呼んでいるようです。ぼくが今まで出会った人の中でとびきり珍しい、読み方のむずかしい名前を二つ紹介します。それぞれなんと読むでしょう?

①五十殿、②帘。

子どもと過ごせば憂さを忘れる

——のど元過ぎれば熱さ忘れる

ぼくはゲームが大好きである。碁、将棋、マージャン、トランプ、バックギャモン、花札、その他ボードゲーム、なんでもござれ。ただし、テレビゲームやパソコン、スマートフォンのゲームは一切やらない、やれない、やったことがない。

小学校低学年の頃は、せいぜい、トランプではババ抜き、七並べ、五十一、神経衰弱。そのほかに回り将棋や坊主めくりくらい。高学年になると本将棋を始め、トランプも五十一とポーカーの役を組み合わせたような大将中将というのに夢中になった。中学に入ると将棋がかなり本格的になって定跡を研究し、兄を相手に負けるとくやしくて取っ組み合いを演じたりもした。

隣家の親友ツトムちゃんも強敵でよく手合わせをした。

花札（八八）をおぼえたのもその頃である。ツトムちゃんともうひとり近所の少し年少の子を仲間に入れた。今でも思うのだが、花札は手役と出来役が多くて実におもしろいゲームである。役の名前が手役ならくっつきとかはねけんとか、出来役なら赤短（あかたん）とか素十六（すじろく）とか、変てこという以上に、いささか品が悪い。だいたい、もとはばくち打ちの勝負事だから柄が悪いのは当たりまえなのだが、親たちは「そんな下品な遊び、やめなさい」とお冠だった。いくら下品だろうとなんだろうとこちらは知っちゃいない。おもしろいものはやめられない。マージャンもまちがいなくおもしろいゲームながら、出来役（と言っていいかどうか）は複雑なのがたくさんあるのに、手役がないのが物足りない。

ふしぎなことに、そのマージャンは、家に牌はあるのに家族の誰もやる気がなかった。父をまじえた家族の定番はトランプのトゥーテンジャックか、プレーヤーが四人そろえばブリッジを少しやさしくしたファイヴハンドレッドあたりだったろうか。

高校生になってから、それも戦後にはマージャンが主流となる。コーラス仲間でマージャン好きが四人（時には五人）いて、回りもちで月に一回ぐらいそれぞれの家で徹マン（徹夜のマージャン）をやった。学校の講堂の控え室でガラガラ卓を囲んだこともある。授業のない空き時間だったか、ひょっとすると代返を頼んで、かもしれない。当局に見つかったらそれなりの罰に処せられただろうに、向陵誌（一高の歴史を編んだもの）に載せるべきだとかなんとか、まったくいい気なものだった。

大学へ入る前年あたりから、ぼくひとりを除きほか全員東京の府立四中（現戸山高校）の出身者六人と、自称コキカルなるグループができあがった。その中で日本の大学に入りそこないアメリカに留学した男、商船学校で外洋に出てしまった男がいたが、残った者でしょっちゅう集まっては卓を囲んだ。みな腕は相当なもの。旅行にもよく出かけ、まったくご苦労な話だが、はるばる志賀高原まで牌をリュックにしょって持って行ったこともある。父の会社関係の山寮が発哺（ほっぽ）にあり、夕食後や悪天候で外へ出られないときにガラガラ始まるわけである。しかし、普通、旅行にはトランプを持参する。これは社会人になっても、老年に入ってもずっと続いていて、はじめの頃はもっぱらトゥーテンジャック、後にはハートと称する簡単だが結構おもしろいゲームに変わった。旅行中各自の得点を累計し、最後に点数に応じた金を出し合って飯を食うという仕組みである。

囲碁をおぼえたのも戦後で、これもツトムちゃんに負けるのがくやしくて定石を研究し、めきめき上達した。コキカルの中で碁を打つのは三人で、いちばん強いのはアマチュア三段、それに次ぐのがぼくという感じである。三段の男が「おまえ二段ぐらいあるよ」と言ってくれる。

実は将棋は碁以上の力があると自負しているのだが、あいにく相手がいないので、ひとり詰将棋を楽しんでいる。ひと頃は原稿書きの合間に、脇に置いた詰将棋の問題集を開いて解くのが骨休めになるくらいの入れこみようだった。昔、東京や大阪の人通りの多いところ——東京なら神田の古本屋街の一隅——に大道詰将棋屋が駒を並べた盤を前に、行き交う人に「詰められますか」と誘いをかけていた。問題はなかなか難しく、たいていひっかかりやすいわなが仕掛けてある。なんだ簡単じゃないかと手を出しまんまと詰めそこなうと、一手いくらで大金を巻き上げられる。みごと詰ませれば景品はタバコ一箱。当時は結構ありがたかった。ぼくは大阪の御堂筋で一度タバコをせしめたことがあるが、けしからぬことに、ピースの箱にバットが詰めてあった。

加藤一二三九段の息子さんが長男と大学で同期だった縁で九段と知り合いになり、NHK杯のテレビ対局にゲストとして招待して下さった。解説は加藤九段、対局者は米長邦雄、有吉道夫両九段。事前に自己紹介して米長九段に名刺を渡すと、しばし眺めながら「きれいなお名前ですね」とおっしゃる。「ええっ」と驚いたら「貞」と「徳」の文字からの連想のようだった。なつかしい思い出だが、あきれたことに、対局はどちらが勝ったかおぼえがない。棋界を代表する高段者と話ができて舞い上がっていたのかもしれない。

加藤九段とはカトリック信徒として所属の教会も同じである。名人位を奪取されたときには、ニュースを耳にしてすぐ祝電をさしあげた。

ボードゲームでは、コキカルの一員がアメリカ出張中に向こうではやっていたモノポリーを持ち帰った。サイコロを振って自分の駒を動かす双六系統のゲームで、不動産を売買して金もうけを競う。いかにもアメリカらしいなと思いながら、そのスリリングなところに一時はまっていた。後に日本に輸入されたり、日本版ができたりしたようだが、日本でこれを初めてやったのは、われわれのグループではないかと思う【注】。

コキカルでブリッジをやらなかったのは返す返すも残念である。メンバーにひとり、会社内のクラブでやっていて相当な腕前の男がいる。十年ほど前、みんな暇だろうからそろそろ始めようじゃないかとそいつに誘いをかけたら、もう無理だろうとつれない返事。ブリッジはビッドの仕方にいろいろ定石があって、一応それを心得ていなければならないし、非常に頭を使うゲームである。高齢者はついていけまいという悲情な宣告だった。

親がこんな具合だから、子どもにもいくらかそれが遺伝すると見える。小さいうちからトランプなどずいぶんやった。長男は学生時代、将棋に入れこんで定跡を相当研究しているようだった。一時勝負を挑まれたが、そこは親の貫禄、手合は飛車落ちにした。今は離れて暮らしているし会っても将棋どころではないが、こちらは新しい将棋の流れに疎いのにひきかえ向こうは結構通じているようなので、あるいは強弱逆転しているかもしれない。

次女もゲーム好きのほうらしい。小学生のころから三手詰めの詰将棋の本を開いていた。トランプのコパックというゲームをずいぶんやった。これはふたりでするゲームで抜群におもしろい。頭を使うし駆け引きもいる。これもコキカルの一員がどこからか仕入れてきたものだが、一般には知られていないようだ。その遊び方を解説した本を見たこともない。ブリッジ系統のゲームは人数がそろわないとできないし、子ども向きのやさしいものは、だいたいふたりでは成り立たない。その点コパックはふたりに限られるところが独特である。この子どもにはむずかしいゲームを、次女が、負けがこむと半ベソかきながら続けていたのを思い出す。

次男にはヘンな思い出がある。ペイシェンスというトランプのひとり占いをご存じだろうか。基本は同じながらいくつか方式のちがうのがあって、その中でいちばん成功がむずかしいものを、何回もやって統計をとったらと、次男の夏休みの自由研究にすすめてみた。次男がその結果を休み明けに持って行ったら、先生に「つまらないことをやるんじゃない」とひどく叱られたらしい。次男には悪いことをしたが、心ない、しかも無知な先生がいることが悲しく腹立たしかった。ペイシェンスは伏せたカードが全部開ければ成功なのだが何枚開けずに残ったかのデータをとると、意外なおもしろい結果が出てくる。伏せたカードは二十一枚ある。実は最近暇を見つけては半年がかりで千回やってみたところ、成功、つまり二十一枚開いたことはわずか二十三回しかなかった。しかし、確率のいちばん低いのはそれではない。開いた枚数が十九、二十だったことは一度もない。逆に言えば、そこまでいけばほとんど百パーセント成功するということである。

室内のゲームばかりではない、屋外のスポーツも子ども相手にずいぶん楽しんだ。ぼく自身子どもの頃からスポーツ好きだったということにほかならない。小学生時代、昔のことだから球技はほとんど野球しかやらない。もちろんピッチャーである。TTDつまり東京帝國大学のロゴマークの入ったユニホームを着て得意になっていた。

因みに東京六大学野球は当時から人気で、ぼくのひいきはユニホームとは裏腹に早稲田大学。サード高須、セカンド小島と好きだった選手の名前までまだおぼえている。プロ野球は歴史がまだ浅く観客も少なかった。西宮球場ができたばかりの頃で、ツトムちゃんと試合を見に行き、がらんとしたスタンドで駆けずり回っていた。今も澤村賞として名前が残っている名投手澤村はついに見ずじまいだったがスタルヒン（後に須田と日本名に変えさせられる）は記憶にある。イーグルスのファースト中河のミットさばきにほれぼれしたものだ。

甲子園球場にもたびたび足を運んだ。ホームランを打った選手の名前が外野のフェンスのボールが飛びこんだところに書かれており、センターのうしろにはタイガースの景浦の名があった。甲子園といえば、ある年春の選抜中等野球に、初日から決勝戦までツトムちゃんと通いつめた。「恐るべき子どもたち（アンファン・テリブル）」と言ってもよかろうか。

近所の人に教わってテニスも始めた（もちろん硬式）。チビだからラケットに振り回されるようなあんばい。ベースラインからサーヴするのがむずかしくて、サーヴィスラインから打っていた。

しかし、いちばん得意だったのは器械体操（鉄棒と跳箱）で、これは中学まで続き、体操部には入らなかったが、クラス対抗で優勝したことがある。球技はたいていのものに手を染めた。野球、テニス、サッカー、ラグビー、バレー、バスケット、卓球……ふしぎなことに昔はバレー（排球と称していた）は九人制で、戦後六人制の、ルールもずいぶんちがう競技を見て驚いた。しかし、いちばんみっちりやったのはサッカーである。神戸一中（現神戸高校）は全国大会で優勝するほどの伝統的なサッカー強豪校だけに、生徒は誰でもやると言っていいくらい。昼休みには校庭じゅうあっちでもこっちでもボールを蹴っていた。

というわけで、子どもたちにコーチしたのは野球とサッカーである。小さいうちはふわふわの大きいボールを使ってバッティングとキャッチボール。大きくなってからは、ノッカーを引き受けてフライを捕る練習もさせた。

男の子ふたりには幼稚園児のときからサッカー教室に通わせた。親も付き添って行かなければならないからたいへんだが、それも好きなればこそである。時には校庭や空地でいっしょにシュート練習、キーパーのセイヴィング練習もする。特に次男は足元の技術が巧みで、後に企業で日本リーグ（Jリーグの前身）に出場するまでになった。

ゲームを見るのも怠りない。天皇杯は準決勝に二、三度連れて行ったことがある。強豪四チームが出場する試合が二つ続けて見られるのが効率のいい楽しみであり、勉強にもなっただろう。会場は秩父宮ラグビー場だったような気がする。テレビでの観戦にも抜かりはない。日本リーグでは親子そろってヤンマーのファンだった。別に釜本がいたからではなく、むしろネルソン吉村のようにテクニックのある選手に目が行った。釜本といえば、彼がまだ早稲田にいたとき、天皇杯決勝で小城（おぎ）の率いる東洋工業をくだして優勝したゲームが思い出される。大学が優勝したのは結局これ一回だろう。日本リーグのほか10チャンネルだったか、ヨーロッパのゲームを放送するダイヤモンドサッカーには目が釘付けだった。金子アナウンサーの名調子が耳朶に残る。しょっちゅう見ているから、次男が選手の後姿や遠くでプレーする様子だけで名前がわかるのには驚いた。女の子にもサッカー好きが伝染するのは自然の流れか。次女は高校サッカー部のマネジャーを勤めていた。おやじはそれを知って「いいね」とにんまり。サッカー一家である。

こんなふうに子どもとスポーツを楽しめるのは、親にとってほんとうにありがたいと言わねばならない。子どもが成長し、うまくなり、嬉々として走り回る姿を見るのは、こちらも嬉しいものだし、自分自身、楽しいだけでなく、運動不足の解消になって体にもいい。

ゲーム好きは孫にまで遺伝する。隣の長女の家には上が男、下が女でふたりの子どもがいる。隣だから小さいときからしょっちゅう遊びにきていた。ひまなおじいちゃんが目あてで、くればたいてい何かゲームをすることになる。はじめはどこの家でもやるトランプのババ抜き、七並べなど。そのうち各種ボードゲームが加わった。クリスマスプレゼントには必ず新しいものが何か入れられた。実はこちらの楽しみでもある。男の子はとりわけゲーム好きで、小学校低学年でもうバックギャモンをやるようになっていた。誕生日祝いに初歩の将棋の本を贈ったのは四年生のときだったか。大喜びで勉強（？）して勝負を挑んでくる。駒落ちでやろうかと言うと、いやだと首を振る。もちろんかなうわけがない。それでも勉強の成果があがったか、コミュニティセンターでよそのおじさん相手に勝ったという話を聞いた。とにかく孫相手にふざけたことを言いながら遊ぶのは楽しいものである。

保育園におじいさんおばあさんの参観日があって出かけたとき、園児それぞれの祖父母に対する挨拶があった。孫娘は「いつも遊んで下さってありがとう」と言ってくれたが、それはこちらが言いたいことだった。

「いつも遊んでくれてありがとう」――子どもと過ごせば憂さを忘れる。

孫たちも上は中学二年でぼくより背が高く、下は小学校最上学年でいっぱしのヤングレディ。

部活や塾の勉強にいそがしく、「おじいちゃーん」と大声で遊びにくることもなくなった。忘れられるはずの憂さに時折襲われる。

【注】
多分「人生ゲーム」がモノポリーの日本版である。最近の情報によると、今年は発売五十周年だそうで「世相を反映してリニューアルを重ね、累計出荷数は一五〇〇万個超。……アナログなゲーム性も息の長い人気を支えている」とか。

〔クイズ 24〕
トランプは英語ではcard（カード）と言います。では英語でtrump（トランプ）とはなんのことでしょう。

楽もあれば九谷もあり

——楽あれば苦あり

十年余り前、翻訳塾の開設十周年を記念してマグを作り、パーティの出席者全員に贈呈した。マグに何か飾りを入れようということで、ある中世関係の文献に載っていたイラストを使わせてもらった。マトリューシカのようなかっこうの男女人物像で、女性には中世ラテン語でLETICIA（レティツィア）、男性にはDOLOR（ドロール）と名前がついている。それぞれ「楽しみ、喜び」、「苦しみ、悲しみ」という意味である。Leticia（古典ラテン語ではlaetitia）は、英語にもLettice（レティス）という女性の名前として入っているし、Dolorはそのまま、あるいはdolorous（ドロラス）という形容詞の形で使われている。後者についてはStabat Mater dolorosa（スターバト マーテル ドロローサ）（悲しめる聖母は立ち給へり）という中世の有名な聖歌があり、「スタバト・マーテル」のタイトルで多くの作曲家が合唱曲を制作しているから、合唱に熱心な方はご存じだろう。

上記の文献でこの男女のイラストは、言うまでもなく、人生に「楽あれば苦あり」の象徴として使われていたのだが、われわれ翻訳クラスのマグはそれだけではなく　翻訳といういとなみも、楽しみもあれば苦しみもあり、喜びもあれば悲しみもあることをあらわしたかったのだ。翻訳は楽しい、おもしろい。よくお金になりそうだから、本を出したいから翻訳を勉強したいという人が現われるが、そんな人はまず長続きしないし、あてもはずれる。翻訳は金銭的に報われることはなはだ少ないし、本などめったなことで出してくれはしない。クラスのメンバーは、みな翻訳が楽しいから、おもしろいからこそ出てきている。また、だからこそ長続きもする。（塾創設以前から数えると、もう三十年以上師弟関係が続いている人もいる。）その反面相当な苦しみも味わわなければならない。ただの一語をその場にぴったりな日本語であらわすのに何日も脳味噌をしぼったりもする。辞書に出ている語義などただ参考にするだけである。それだけにうまく思いついたときの喜び、嬉しさもまたひとしおということになる。自分の翻訳が本になったときの嬉しさ、あとになってまちがいに気づいたときのくやしさ、苦しさ、もはや取り返しのつかない悲しさ。いろいろな面で、いろいろなときに、Leticia と Dolor が傍らに立っているような気がする。

楽は楽でもある。楽――すなわち音楽もまた終始ぼくの傍らに立っていた。

音楽の才には結構恵まれていたと思う。小学生高学年のころ、ソルフェージの練習帳を――小学校にしてはずいぶん高級なことをやっていたものだが――全部あっという間に歌いあげて、先生を驚かせたこともある。絶対音感はないが、相対音感はしっかり持っていたし、たとえば譜がシャープ一つならト長調で五線の第二線がドになり、フラットが一つならへ長調で第一間がドになるというようなことも心得ていた。小さいアコーディオンを買ってもらって、教則本でひき方をおぼえ、学校の講堂でクラスメートの前で「ドナウ川のさざなみ」を演奏した記憶がある。

しかし、先生について何か楽器を習おうという気はさらさらなかった。一度姉のピアノのレッスンにくっついて行って、先生から「あなたもやらない?」ときかれ、「いやや、そんなん女子のやるもんや」とことわったことがあった。妙なことをおぼえているものだが、なんとなくピアノは柔弱という風潮が世間にはあったように思う。

父は音痴のくせに音楽は結構好きで、母も音楽好きだったから、レコードにはかなりの金を注ぎこんだらしい。今でもわが家には電気吹込み以前の片面録音盤が数枚残っている。考えてみるともう百年も前の骨董品ということになる。ともあれぼくの子ども時代には、クラシックの有名な曲のレコードはあらかたそろっていただろう。

しかし、ぼく自身はレコードはもとより西洋音楽そのものにもろくに興味を持っていなかった。それが高等学校入学とともにがらっと変わる。入学と同時に音楽（オケ）部に入ってヴァイオリンを始めた。兄が二年上でそうだったせいもある。始めてみればおもしろくてたまらない。先生は当時の日響（日本交響楽団。N響の前身）のプレーヤーで、その人のもとで夢中になって練習に励んだ。ヴァイオリンのみならず西洋音楽全般にも勃然と興味が湧き、たびたびコンサートに足を運んで見聞を広めた。

休みで西宮に帰省するときは、もちろんヴァイオリン持参である。車輌の網棚にあげたケースを見て、「なんや、あれ。米入っとんのとちゃうか」と呟くおっさんがいたりしてバツの悪い思いをしたこともあった。食糧窮迫、多くの人が闇米の買出しに苦しんだ時代である。

やがて戦争は激しさを加え世の中の緊張がますます高まる中、腎炎をわずらって休学し、ずっと西宮の実家で暮らすことになった。これ幸い（?）と毎日ヴァイオリンの練習は欠かさず、レコードを聞きまくり、音楽史の文献を読みあさる。空襲警報が鳴って防空壕に入っている間にも楽器をいじっている始末で、「非国民」と言われても仕方がないような生活だった。

西宮も空襲に見舞われた。実家の北隣まで一面焼野原になり、うちだけ一軒、父と兄と三人の必死の消火活動で残ったが、焼夷弾を束ねる重い鋳鉄の円盤が屋根と二階を突き抜け、居間のレコードキャビネットを直撃して、中のレコードが全部割れてしまった。

終戦の翌年復学、ヴァイオリンのレッスンを再開する。レッスンのある日に、授業に代返をたのんで講堂の控室が空いているのを幸い、そこで練習したこともある。卒業を間近に控えた紀年祭（毎年二月に開かれる今で言う文化祭。この日だけ外部の人、特に女性の入校が許される）に、クラスメートの知人で音楽学校に通っている女性とモーツァルトのヴァイオリン・ソナタを演奏した。はじめてのステージ経験である。

一年浪人して東大理学部動物学科の学生になったが、それは名ばかりで実態は音楽部弦楽科にひとしい。オーケストラに入部してさっそくコンサートマスターにまつりあげられた。（東大オケが当時まだいかにヘタクソだったかのしるしである。）入学早々の五月祭でのプログラムにベートーヴェンのピアノ協奏曲第五番「皇帝」が入っていた。独奏は毎日音楽コンクール優勝者で戦後の男女共学東大の女子学生第一号だった藤田晴子さん。いつまでも記憶に残る共演だった。

とにかく毎日々々練習室に入りびたりで、動物学の講義にはたまに顔を出すだけ。東大オーケストラは毎年五月祭に練習の成果を披露するだけでなく、いろいろ学内外の仕事を頼まれる。当時どういうわけか全国的に社交ダンスがはやって、それこそ燎原の火の如しだったが、学内でもさまざまなグループのダンスパーティが開かれ、その音楽演奏のお鉢がこちらにときどき回ってきた。レコードを使うよりかっこいいということだったのだろう。お座敷がかかることもよくあった。劇団民藝に劇の伴奏（劇伴と称する）をたのまれ、新橋演舞場の楽屋裏で役者の演技を見ながら、それに合わせて二、三人でヴァイオリンをかなでたのは、たしか林光作曲の音楽だった。台東区の小学生に生の音楽を聴かせる催しでは、上野松坂屋のホールで、ベートーヴェンのロマンス（ト長調）のソロを受け持った。などなど思い出はさまざまにめぐる。

翌年ヴィオラに転向した。ヴィオラのメンバーが不足気味のせいもあったが、何よりもヴィオラの音に魅せられたことによる。ヴィオラは人の声域に近く、深い渋味のあるその音。ほんとうに心にじーんと染み入るような感じがする。それに四声の中を受け持つ、まさに上と下の仲を取りもつと言ってもいい役割がおもしろい。先生は当時のヴィオラの第一人者で日本フィルハーモニーの首席奏者、河野俊達さんにお願いした（なんと河野先生はその後妹と結婚してぼくの義弟になってしまう）。

オーケストラでのパートも当然変わるが、オケの中の腕っこき三人とクァルテットも結成した。腕っこきと言ったって、全員いっしょにぴたっと演奏が終わればああよかったと胸を撫でおろすような、しろうとに毛が生えたくらいのグループにすぎない。しかし、音楽の合奏はほんとうに楽しいものである。最初にレパートリーにえらんだのはモーツァルトの弦楽四重奏曲ニ長調K五七五だった。まだ譜面などなかなか手に入らない時代、小さなスコアから各パートを手書きで写して使った。今から思えば、ずいぶんむずかしい曲をえらんだものだが、好きの一心である。なんとか仕上げた末、東京六大学野外音楽演奏会に打って出て、田園コロシアムのステージに登ったのは勇ましい限りと言うしかない。

こんなふうに毎日が楽しく充実してはいたものの、学業そっちのけの破滅的な生活がいつまでも続けられるわけはない。そもそも自分が何をやりたいか、何をやればいいのか、大学受験の段階から全くわからなかったのだ。動物学科をえらんだことに積極的な理由はない。多少の興味がなくはなくかつまた受かりやすそうな気がしただけのこと。前年度に電気工学科を受けたのは、父がその道の専門家だったからにすぎない。東大に別にあこがれなど持ってはいなかったし、入ってみても周囲の学生、教授に心惹かれる人はいない。授業はおもしろくない。だいたい学問をする意欲もろくにないのだから、東大にいること自体、意味がない。まさにないないづくしである。で、どうする？　今、好きでやっているものを貫くほかに道はない。音楽で身を立てようという気持ちが日に日に強くなっていった。

うちは言ってみれば音楽一家で、姉はレオ・シロタに師事し、早々と結婚したからプロにはならなかったが、家でピアノを教えているし、兄は東大物理学科在学中に音楽コンクール作曲部門で優勝し、美学科まで出たあと今はパリのコンセルヴァトワールへの入学を間近に控えている。妹は安川加壽子女史の愛弟子でプロを目指して芸大在学中。というわけで、あわよくば自分も音楽家の端くれに、という気持ちもないではなかった。

しかし、これはきわめて乱暴で自暴自棄的な、俗に言えば、やけっぱちのハチャメチャな決意である。なぜ音楽で身を立てるのか。自分でもよくわかっていた。まさに「ほかに道はない」からにすぎない。しかし、これがどれほど困難な道か、自分でもよくわかっていた。今の力量ではもちろんプロになれるわけはない。芸大に入って改めて修練を積むといってもそう簡単に通れる関門ではない。必要な努力は生易しいものではないだろう。そもそも自分にそれだけの素質が備わっているのかどうか、それさえ自信が持てない。せめてもっと早く小さいうちからピアノならぬヴァイオリンを習い始めていればよかったと悔んでも後の祭である。こんな切羽詰まった気持ちを抱えながらも、あえて音楽の道に進みたいこと、オーケストラの末席でもいいからヴィオラで身を立てたいことを、ある日ありていに父に告げた。

父は驚いた。青天の霹靂だっただろう。もともと学者でその後実業界に入った父としては、息子が将来学者になることを期待していたにちがいない。

何はともあれ卒業はすること。そうすれば何かしら道は開けてくるだろう。高校の教師だっていいではないか。それに、名ある芸術家ではなくて、最初からしがない音楽家を目標にするとは……望みが低いなりに到達点はもっと低いだろうから、先行きの窮迫は目に見えている。音楽は学問のかたわら趣味として続ければどうなのだ、云々。

当然の反応。返す言葉もない。先はどうあろうと音楽の道に突き進みますと突っ張る気力はもはやない。といって、動物学の学業を卒業まで続けるのは耐えがたかった。ではどうする――またこの問題にたち帰る。何をすればいいのか。それだけでなく、人はなんのために生きるのか、人生の意味、価値はどこにあるかという、この年頃の青年によく見られる疑問にもさいなまれるのだった。

オンガクカにナリソコナイのナレノハテ　悶々と自嘲する日々が続いた。

そんなある日、兄の口ききでパリ外国宣教会の神父、当時日仏会館の館長だったソーヴール・カンドー師に会う機会を得た。後に哲学者の中村雄二郎氏が、戦前戦後を通じ日本の知識人にもっとも大きな影響を与えたふたりの外国人として、わが恩師ヨゼフ・ロゲンドルフ師とならび称したひとりである。

お目にかかって疑問をぶつけると、温顔に微笑をたたえながら、時にはめがねの奥にきらりと目を光らせて、

何をすればいいか、焦らずに待っていればそのうちに見つかりますよ

と拍子抜けするようなことをおっしゃる。流暢な日本語であたたかく包みこむような話しぶりに、はりつめた心もゆるむ。そして、たわいもない四方山話の末に「まあ、これでも読んでみなさい」と『キリストとその時代』ほかカトリック関係の本をいくつか貸して下さった。

大した期待もなく、なかば義理のような感じで読んだ。しかし読み進むうちに、ふしぎなことに、闇夜の中に一条の光が差すような思いがした。どこがどうだったのか、今はもう記憶が定かでないが、とにかくそれがきっかけで、トンと背中を押されたとでも言うのか、教会へ通って公教要理の勉強を始めることになった。

あとは静かながら強い流れに身をまかせるばかり。やがて数年前の兄につづいてカトリックの洗礼を受けるにいたった。

それればかりではない。信者としての生活になじむうちに聖職者への道も見えてきた。これが召命（ヴォカーチオ）（召し出し。もとの意味は「声をかけること」）というものだろうか。

砂漠に声あり、「吾に来たれ。」

その声に応えるような形だった。

聖職者（司祭）になるには、神学校へ入ってラテン語、哲学、神学と最低八年の勉強、修行を要する。父をどう説得したか記憶にないが、父はどうやらこれも学問の一つと自分を納得させたらしい。司祭になって教会に配属されれば、戒律のきびしい修道会とはちがって、むしろ俗界のまっただ中に身を置くわけだが、自分の家族とはほとんど縁が切れるかっこうになる。両親には申しわけない気持ちでいっぱいだった。

入学まで一年余りの間、やがて音楽とも縁が切れるかと思い、自分の慰めのため、それに楽器がいとおしくもあって、ひまなときには欠かさずヴィオラをひいていた。オケの仲間にはそれとなく別れを告げた。そして沙婆での最後の演奏体験としてきょうだいで合奏をすることにした。曲はモーツァルトの「ケーゲルシュタット」トリオ。ヴァイオリンは河野先生、ヴィオラはぼく、ピアノは当時河野先生と婚約中の妹である。聴衆はゼロ。三人だけのひそやかな楽しみだったが、プロ中のプロ演奏家と共演できたことは、一生の思い出として忘れられない。

入学二か月前の大事件として河野俊達氏と妹の結婚式があった。河野さんは齋藤秀雄さんなどと「子供のための音楽教室」(桐朋の前身)の先生として、ヴィオラとアンサンブルの指導にあたっていた縁で、なんと結婚披露宴でそこの子どもたちの弦楽オーケストラが祝典音楽を演奏してくれた。指揮は齋藤さんの弟子の羽仁協子さん、そしてチェロのパートのうしろのほうに齋藤さん自身がプレーヤーとして加わっていた。こんな豪勢な披露宴はまたとあるまい。

ともあれはれて昭和二十八年四月に東京カトリック神学院(制度上は上智大学文学部ラテン哲学科、同学大学院神学科)に入学した。聖職者へのスタートを切ったわけである。ところがスタート早々驚いたことがある。これで楽器とも縁が切れたと思ったのに、意外や意外そうではなかった。実質的に修道院と変わらない生活だが、短い休み時間に楽器をひくことは許されていたのである。ありがたやとばかりに、ヴィオラではなく携帯に楽なヴァイオリンを持ちこんだ。休み時間は一日一時間もないが、ないよりはましである。ほかの連中が卓球などでにぎやかに騒いでいる間、屋上の洗濯室でひとり練習を重ねていた。

祝日の余興にオルガン（！）伴奏のデュエットに引っ張り出されたり、祈りや黙想のＢＧＭにオルガンの代わりに静かで荘重な曲を頼まれもした。

そのほかここならではの音楽は典礼に合わせて歌うグレゴリオ聖歌で、週に一度練習がある。ネウマを使った記譜と指揮法が、はじめて見るもので、実に興味深かった。グレゴリオ聖歌を実際に歌ったことのある人は世間にわずかしかいないだろう。貴重な体験としていまだに心の中で息づいており、ふとメロディを口ずさんだりするのである。

もちろん、ふつうの西洋近代音楽の合唱もある。専門家でもないのに聖歌隊の指揮を引き受けさせられたこともあれば、何かの祝日に別の神学生が作った歌詞に合わせて、あろうことか四部合唱の作曲をたのまれ、ない知恵をしぼって仕上げたこともあった。

このまま行くかと思われたのだが、そうはならなかったから、人の運命というものはわからない。カトリック的には天の摂理ははかりがたし、と言うべきか。神学校生活は、相撲ではないが、心技体に苛酷な修練を求められるもので、それに耐えられずにやめる人が毎年数名は出る。ここで技とはラテン語の習得をさし、それについていけない人がもっとも多い。ぼくは生来外国語が大好きだから、ラテン語もおもしろくて、みずから志願して一年余分に学習したくらいだったが、体が参ってしまった。数年前から十二指腸と胃潰瘍を患っていたのが悪化して、修道寄宿の生活を続けることができなくなった。つまるところ休学である。復学後も神学校生活に復帰は無理とあれば、また道を改めねばならない。

しかし今度という今度はすでに肚がきまっていた。さいわい習いおぼえたラテン語の知識能力を武器に西洋古典学への転向である。そして東大大学院の西洋古典学専攻を目ざしたが、それには文学士の資格が必要とあって、取りあえず上智大学文学部の英文学科に転科し、あわせて東大大学院の呉茂一教室の聴講生となった。つまり英文学科はただの踏台のつもりだったのだが、外国文学も好きでそれなりの成果もあがり、いよいよ東大大学院の入試の前日というときに、上智のヨゼフ・ロゲンドルフ、刈田元司両教授から「うちへきませんか」と誘われ、一考の末「いいです」と答えてしまった。それには英文学のかたわら古典文学も対象にできるというたしかな予測があったからで、そのとおり両者の境界領域を研究教授する学徒として、大学院修了後は英文学科のスタッフに迎えられた。オンガクカになりそこなって一字ちがいのブンガクカ（こんな言葉はあるまいが）に収まったわけである。

ところで音楽のほうはどうなったか。記憶が怪しくなってはっきりしないのだが、どういう心境の変化か、十年ほど楽器を手にしなかったような気がする。そして再開のきっかけとなったのは、ある年に行なわれた英文科の卒業パーティだった。

その年卒業式を一月ほど先に控えた頃、ぼくがヴィオラをたしなんでいることを知った女子学生が「先生、卒業パーティにクァルテットやりましょうよ」と誘ってきた。その人はチェロをひいている。楽器にはこのところご無沙汰だけれど、昔取った杵柄でなんとかなるかと思ってOKの返事をしたら、さっそくヴァイオリンのひき手をふたり集め、譜面も用意してくれた。バロックの簡単な四重奏曲で猛練習の末迎えた本番は一同あがって散々のでき。まあ、それも一興、卒業生たちは拍手喝采大よろこびだった。

これを期に、またヴィオラをいちからやり直そうと、猛然と練習が始まった。河野夫妻はもうアメリカへ渡っていない。誰かのレッスンを受ける気はなく、ひとりで練習曲をさらい、これはと思う曲をひく毎日だった。

そして本業も——ブンガクカにとどまらなかった。西洋文学を講ずるかたわら、生来の翻訳好きが昂じて、全国にさきがけて大学で翻訳論の講義、翻訳演習を担当することになった。学外にもその仕事が及んで、みずから翻訳を実践し、翻訳の学校で教え、翻訳に関する本を書き、ひとの翻訳を批評し、と生活が翻訳で回っているようなありさま——まさにオンガクカとは二字ちがいのホンヤクカの肩書きまで得るにいたった。本職のオンガクカにはなれなかったにせよ、音楽についてはセミプロとまではいかずとも四分の一プロぐらいの自負はあり、つまりはオンガクカ、ブンガクカ、ホンヤクカの三者併立がわが人生となった次第である。

音楽人生は翻訳人生とともに学外までひろがった。翻訳学院の弟子たちが開くクリスマスパーティには毎年かり出される。はじめはソロだったがやがてヴァイオリンとの二重奏、さらに稽古の都合でピアノとの合奏と変わって、聞くほうも楽しみだろうが、弾くほうも結構どきどきわくわくする催しだった。

翻訳の楽（レティツィア）と苦（ドロール）の話は冒頭に書いたとおりだが、音楽のいとなみも、楽あれば苦あり、苦あれば楽ありのくり返しである。むずかしいパッセージを、弓使い指使いをたしかめながら何度も何度も弾いては休み、休んでは弾く辛さ、苦しさ。なんとか弾けるようになって、録音再生してみた結果がまず満足できるものだったときの嬉しさ、喜び。時に応じてみずから奏でる楽曲に心を通わせる感動は何ものにも代えがたい、悲しいときにも嬉しいときにも楽器を手に取る。そして慰められ、癒され、励まされ……

老母の介護に苦労していた間は、外出もままならなかったが、母の二年にわたる入院、そして死去のあとは、コンサートにもたびたび行くようになった。平均して週に一度は妻とふたりで足を運んでいただろう。介護から解放されてまっ先に出かけたのはヴィオラの今井信子さん（河野氏の弟子）のリサイタルだった。今井さんはぼくのあこがれの的で、彼女の登場するコンサートは必ず聴きに行った。今井さんの主宰で毎年ヴィオラ・スペースという催しが三夜続けて行なわれたが、一度も聴きのがしたことがない。

今井さん中心に結成されたカザルスホール・クァルテットの定期演奏会に、主催者の頼みでプログラムに載せるため今井さん宛ての「ラヴレター」（出演者それぞれに対するファンのエール）を書かされたことがある。公演当日はちょうど河野氏が帰国中で、終演後連れ立って楽屋へ挨拶に行ったら、「あらー河野先生、帰ってらしたんですか。この間ボストンでお目にかかったばっかりなのに」と驚きの声。一区切りついたところで「わたし別宮と申します」と名乗りをあげたら傍らに立つオランダ人のご主人のほうを振り向いて"He wrote me the love letter, you know."と紹介して下さった。事情を知らぬ人が聞いたらどう思うだろう。人妻にラヴレターを書いたところ、相手が夫に書いた人を紹介し、三人そろって笑いながら握手するとは。

ぼくは筋金入りの室内楽ファンで、音楽会も室内楽ばかり、オーケストラは願い下げである。いつかプロデューサーの萩元輝彦さんとの対談で「小澤さんのウィーン・フィルでも行かないんですか」と笑われたことがあった。ＬＰ、ＣＤも室内楽ないしは室内オーケストラばかり。好きにまかせて集めたから、録音された曲はほとんど全部網羅するまでになっている。その中から時に応じ好みのものをえらんで、専らそれを聴くため、あるいは何か仕事をしながら聴くために鳴らすのがほとんど日課となった。

こうして音楽はなくてはならぬものとして日々かたわらにあったわけだが、それはまさにあの悩める青春時代と同じだった。ただあの頃とちがって、自分の進むべき道をついに見つけて着実に足を運んでいる。「焦らずに待っていればそのうちに見つかりますよ」――カンドー師のさりげない言葉を思い出す。そのとおりだった。それにしてもなんという摂理のふしぎさ。まず信仰の道を示し、ラテン語の修得に誘い、勢いのおもむくまま文学、翻訳の世界に導き入れる。神の思し召し天のはからいのありがたさが身にしみる。

ところが、天のはからいにはもう一つ先があった。十五年前、左の耳が突発性難聴に襲われ、救急車で病院に駆けつけて一週間治療を続けたが、結局回復するに至らなかった。そのあと音楽は、弾くのも聴くのも、まるで楽屋裏から聞こえてくるような感じになってしまった。それでもまだ足りぬとばかり、十年前、今度は右の耳に突然途法もない聴覚異常が起こった。ピッチ（振動数）が狂って聞こえる。たとえばピアノでドミソとたたいても、ドレミに聞こえるというぐあい。要するにひどい音痴になったのにひとしい。音を重ねるとハーモニーも何もあったものではない。ただの騒音で聞くに耐えない。音質も変わってピアノなどまるでトタン板をがんがんたたいているかのよう。病院の耳鼻科へ行って医者に説明したが、医者にもよく理解できないらしく、聴力検査をして「お年の割りによく聞こえますね」と間の抜けた診断しかしない。だいたい知覚されている音の周波数なんて計りようがないのではないか。とにかく治療はあきらめるほかなかった。

ふしぎなことに自分が弾くヴィオラの音はそれほど狂っては聞こえない。ひょっとすると骨伝導があるからとも思うが、ともかく、ある程度のがまんをすれば弾けるのが、不幸中の幸いといえば幸いではある。外から入ってくる音楽はまったくだめ。演奏会には行けなくなったし、テレビにせよＣＤにせよ音楽はスイッチを切らずにはいられない。余生はＣＤの音楽を浴びるほど聞きながら過ごすはずだった。音楽とは文字通り音を楽しむもの。音が苦(おんく)になろうとは人生最大の誤算である。

いや、誤算と言ってはいけないか。楽あれば苦あり。これも天の配剤、神のおもんばかりなのだろう。音楽のほかの何かをやれというしるしかもしれない。それはなんだろう？「もっと人助けをしろ」か、「もっと料理の勉強をしろ」か、あるいは、今こんなものを書いているのがそれかもしれない。ともかく、この「苦」はそのまま素直に受け入れる毎日である。

「**楽もあれば九谷もあり**」――信楽もあれば備前もあり、有田もあれば唐津もある。全国いたるところ○○焼があって、さして名は知られなくともそれなりに特徴のある花器什器が見られるのは驚くに値する。漆器、陶磁器は、英語ではそれぞれの特産国名をそのまま転用してjapan, chinaと呼ばれるが、陶磁器もjapanとすべきではないかとさえ思えてくる。

それほど日本人は焼物に惹かれるということかもしれない。昔の教え子で部活のシェイクスピア研究会の重鎮だった人物が、大学院の修士論文を提出しないと言い出し、なんとか説得して卒業させた。やがて故郷の大学で教えることになり、そこでも学生とシェイクスピアの研究と上演に打ちこんでいたのが、突然職を投げうって瀬戸で作陶の修行を積んだあと、ふるさとへ戻って窯を開いた。あるとき小鉢を送ってくれたがなかなか個性に富んだ作品だった。当人の弁によると、作陶には何かシェイクスピアに通じるところがあるとか。

前に述べたことだが、妹がアメリカにいる。夫も娘もプロの音楽家でずっとアメリカで仕事をし、今はもう引退しているが、近所の人にピアノを教えるかたわら陶芸に興味をおぼえて、向こうで作陶を始めた。アメリカにもすぐれた指導者がいるらしい。日本とアメリカではろくろを回す方向が反対だとか、おもしろい話を聞かせてくれる。たまに日本へ帰ってくると、益子の陶芸教室へわざわざ出向いて、泊りがけで勉強したりする。わけあってアメリカに帰化したけれどもやはり日本人だなと思う。

ぼくは昔から焼物にはあまり関心を持っていなかったので傾けるべき蘊蓄に欠ける。幸い妻の両親が佐賀の出身なので、そちらからいろいろと知識を得させてもらった。親譲りの有田、唐津の逸品が若干あり、旅先で一目惚れふうに求めた備前などもあるが、やはりいいものはいい――ろくに講釈はできないが。

一つ、変わったエピソードを。ぼくはかつて切手蒐集が趣味の一つで、十九世紀のフランスを対象にかなりのコレクションを作り上げていた。毎年開かれる切手展に出品しては賞をもらっていたが、ある年、今右衛門の小ぶりの額皿が特別賞に提供された。好きな作家なので、これはなんとか手に入れたいとがんばった甲斐あって成功し、今はめでたく飾り棚に収まっている。

楽も九谷もないが、有田はある。

〔クイズ 25〕

オーケストラで使われる弦楽器、木管楽器、金管楽器をそれぞれ四つあげて下さい。

銀（しろがね）も金（くがね）も玉もなにせむに
子は三界の首枷悲し

銀も金も玉もなにせむに
まされる宝子に如かめやも
子は三界の首っ枷

パロディは山上憶良の古歌と諺をつなげたもの。憶良の歌は解説にも及ぶまい。「三界」とは、むずかしい講釈は抜きにして、要するにこの世に生きている間のことと考えればいいらしい。首枷は自由な行動を妨げるための道具。転じて「悩みのたね。心配のもと」。あわせて、「いくら金銀財宝があったとて、親として子どもに対する心配は死ぬまで尽きるものではない。悲しいことに」という意味にとっていただきたい。以下今回は趣向を変え、しろがね、こがねが出てきたのをいいことに、日本語の鉱脈から金銀を採掘するとしよう。

「金」の字は読み手にとって――ひいては書き手にとっても――はなはだ厄介な代物である。キンと読むのかカネと読むのかわからない。しかも、キンと読んでもメタルなのかマネーなのか、はたまたゴールドなのかわからない。さらに、カネと読んでもメタルなのかマネーなのかわからない。

合金の金がメタルで敷金の金がマネーであることぐらいは誰でも知っている。ならば沈金の金は――誰でも知っているとはいくまい、実はゴールドである。沈金は漆芸の技法の一種で金粉を用いる。それから金蔓の金と金型の金は同じカネでもカネがちがう。

昔、ある雑誌に頼まれた随筆でたまたま切手の展覧会のことに話が及び、「金賞がいただけたら……」と書いたのを「賞金がいただけたら……」と誤植された。カネ目当てに切手を蒐集しているように受け取られそうでえらく迷惑した。熟語をひっくり返して書くと漢字の意味ががらりと変わるおもしろい例だが、こちらはおもしろがってばかりはいられない。

金城鉄壁あるいは金城湯池（略して金湯）の金と金科玉条の金はちがう。前者は金石の金、後者は金言の金である。金石からは石部金吉なる架空の人物ができあがった。カトリックの聖人にヨハネス・クリュソストモスなる人物がいる（架空ではありませんぞ）。このギリシア語の名前は英語に直訳するとgolden mouthで、日本語でも金口聖ヨハネと呼ばれる。かつて大学の同僚に金口先生なる英語の達人がいらっしゃったが、これはカネだからgoldenではありえない（残念でした）。ともあれ、golden mouth「金口」といっても、口がキンでできているわけはない。金言を口にするからにほかなるまい。もっとも一言も口にしないで、かえって「沈黙は金」と尊敬されることもあるが、それはまた別の話である。

　ところでここにあげた例は、金石にせよ金言にせよ、その金はメタルやゴールドそのものを指しているわけではない。メタルなら「固い」、ゴールドなら「美しい、りっぱな、すぐれた、貴重な、とうとい、不朽の」といった属性をあらわす形容語として使われている。

　どういう経緯でこんなややこしいことになったのか。中国ではまずメタルの意味で「金」が使われた。だからこそ金属はすべて金偏の字であらわされる。さらにその中でもとりわけ貴重なゴールドに、いわばメタルの代表として、とくにその字があてられた。さらにゴールドが貨幣（マネー）として利用されるようになると、それをあらわすのにも使われた。そしてよくあることだが、こういったもろもろのものの特性まで含意するにいたった。だいたいこういうことではなかろうか。

　やまとことばでは黄色に近いメタルは「こがね」、白に近いメタルは「しろがね」と呼ばれる。漢字で書けば「黄金」「銀」である。（因みに銅は「あかがね」、鉄は「くろがね」という。）しろがね

銀も金も玉もなにせむに　子は三界の首枷悲し

もこがねに劣らず、その稀少性、美しさのゆえに貴重な宝とされたことは、「しろがねも　こがねもたまも　なにせむに……」と詠まれているとおりである。そして、ゴールドと同じく貨幣として利用されたため、銀もマネーを意味するようになった。賃銀、銀行、銀座の銀はそれにあたる。

銀座は江戸幕府直轄の銀貨の鋳造所で、はじめは国内四か所に設けられていたのが結局は江戸一つとなり、明治期に造幣局の設立にともない廃止された。しかし名前だけはいまだに歴として残っている。東京の銀座は時とともに変転いちじるしいが（戦後しばらくの間、歩道に所狭しと並んだ露店の列、鼻をつくアセチレンランプの臭いが今はなつかしい）、ある意味で東京の――ともすると日本の――中心の一つたるを失わない。それにあやかろうと全国各地にまがいの銀座が誕生する。軽井沢の銀座はそれなりにりっぱだが、わが家にほど近い荻窪銀座は怪しげな横丁にすぎず、あれでは銀座の名が泣こうというものだ。

「人にしてもらいたいと思うことを人にせよ」――聖書に出てくることばで黄金律といわれる。この延長上には「自分を愛するのと同じように人を愛せよ」という、これまた重要なキリスト教の教えがある。自分も物資、食料がほしいけれども、もっと困っている被災地の人に先にあげる――それぐらいやっているさ。おれはどうなったって、彼女のことを愛するのが先だ――それぐらいの気持ちはあるさ、りっぱな教えにはちがいないが、黄金律なんていうほどのことはなかろう、と思うかもしれない。いや、ここで肝腎なのは、いつでも誰でもということで、かりにその相手が大きらいな人、憎んでもあまりある不倶戴天の敵ならどうか、と改めて問われると、おそらく口をつぐむだろう。黄金を冠するゆえんである。（念のために言っておくが「愛」は「好き嫌い」とは次元がちがう。）

黄金比というのはまことに不可思議きわまりない。1：0.618（あるいは換算して1.618：1）の比が人間には快く感じられるらしい（その由来、計算は省略する）。長方形の横縦の比がこれだといちばん落ち着いて見えるとか、絵画、彫刻のオブジェで随所の寸法がこの比になっているとか、自然界にもそれが多いとか、わけはわからないが、人間感覚あるいは造化の妙にただただ驚いるばかりである。

これらの黄金は、いうまでもなく「最高の、もっとも美しい、第一級の」などゴールドの属性を踏まえた形容語として使われている。堅い話ばかりではない。最近知ったものに黄金桃というのがある。かつては黄色い桃（黄桃）は缶詰用に加工されるのがほとんどで、質は白桃より数段劣るとされていたが、近年新たに発見改良された黄桃は、黄金桃と名づけられ、色合いがそうであるのみならず、まろやかな風味といい、豊かな果汁といい、まさに黄金と銘打つに値する。さらにほかにも滝の沢ゴールドなど良質の黄色種が次々に開発され、流通しているようで、日本人の品種改良の技術たるやそれこそ世界でも金メダル級と言ってもいいのではなかろうか。

スポーツ関係でもよくお目にかかる。往年の阪急ブレーブスの盗塁王福本豊はその黄金の脚に保険をかけたことで話題になった。今日のサッカーでは、中村俊輔あるいは本田圭佑の黄金の左足キックが喝采を浴びる。

すぐれものが三人組あるいは三揃いとなれば黄金トリオである。黄金期の西鉄ライオンズのクリーンナップを打った豊田、中西、大下の黄金トリオはすごかった。タイガース優勝時にも三連続ホームランで有名な黄金トリオがあったが、掛布、バース、岡田では前者にくらべてスケールが小さい。黄金とまではいかず、せいぜい白銀どまりではないか。

音楽ならトリオは三重奏。黄金とうたわれた嚆矢はルビンシュタイン、ハイフェッツ、フォイアマンのピアノ三重奏団か。弦楽の黄金トリオは、ハイフェッツ、プリムローズ、ピアティゴルスキーがその名を轟かせた。近頃は名人上手は昔以上に数多いが、黄金を冠されるようなヴィルトゥオーゾは減った気がする。

音楽に話が移ったついでに……金管と称される楽器は、いうまでもなくゴールドではない。ブラスだからメタルである。フルートは昔は木で作られたが、現代ではほとんど百パーセント、メタル製といってよい。五十年ほど前にはまだ木製を吹く名プレーヤーがいたが、今は皆無だろう。音がいいのかどうか、銀製を愛用する人もいる。ひょっとするとゴールドのものも、実用はともかくとして、あるかもしれない。しかし、ゴールドであれメタルであれ、フルートは金管ではなく木管に属する。もとの歴史に鑑みてのことだろうか。

All that glitters is not gold. という英語の格言は、もともとイギリスの詩人エドマンド・スペンサーの『神仙女王』の一節で、日本語ではそのまま「光るもの必ずしも金ならず」と訳されている。そりゃそうさ、「電気は光る、光るはおやじのはげあたま」もあるし……というと、子どものはやし歌「さよなら三角……」になってしまうが、冗談はさておき、この格言は、金のように光ってはいても、金ではないものがある、外観にだまされるな、という教えである。しかし、裏を返せば、人間は光るものを好むことを如実に物語ってもいる。そこでこれを大前提として「金銀は光る」を小前提に、「ゆえに人間は金銀を好む」という三段論法が成立する。

自然界で光るものといえば、まず太陽に月。そこで太陽を金、月を銀になぞらえるのはごく自然な成行きで、これは洋の東西を問わない。天空に日月が並び立つごとく、地上には金銀が相並ぶ。月光に照らされる海は金波銀波と表現され、西に金閣あれば、東に銀閣あり、きんさんぎんさん姉妹はその長寿を並び称された。将棋の王将は、主として両翼に配される四枚の金銀がその守りにあたる。なるほど王権の維持はまずもって財力がものをいうか、と合点される。

将棋の世界ではことばの上でも金銀が大活躍である。頭金（あたまきん）とはふつうはローンの最初の支払いだが、将棋の頭金は、相手の玉頭に金をぶつける詰めの手筋をいう。棒銀、腰掛銀、壁銀、ガッチャン銀……これらの銀を路銀の銀とまちがえてはいけない。将棋には、銀以下の駒が敵陣に進入したとき金に成るというおもしろいルールがある。それだけ駒の力が増すわけだが、成金にするかどうかは指し手の自由にまかされているのがまたおもしろく、局面によっては不成（ナラズ）といく方が攻めとして有効な場合がよくある。つまり成金になるなということで、これは将棋の戦術としてのみならず、人生訓としてもなかなか結構な含蓄のある教えではないか。

昔、芝居に登場する金満家には、でっぷり肥ってはちきれそうなチョッキのポケットからやおら金鎖つきの金時計を取り出し、時刻をたしかめてパチンと蓋をしめる所作がつきものだった。金時計には成金のイメージがある。ところが銀時計はまるでちがう。昔――昔の話ばかりで恐縮だが――東京帝国大学の成績優秀者には、卒業時に天皇陛下から銀時計が下賜された。銀時計は秀才のしるしである。持主は尊敬に値する。とはいうものの、かつて欠陥翻訳時評で取りあげた訳者の大先生が「わたしは銀時計組で……」と、だから英語のミスなどおかすはずがないとのたもうたのにはあいた口がふさがらなかった。こんなふうに銀時計を鼻にかけるのは、金時計の成金以上に鼻もちならない。

話変わって、ウラキンシジミというチョウがいる。拙宅の居間の壁を飾る標本箱の一隅に鎮座ましますこのチョウ、翅表は暗褐色、裏は名前のとおり金色だが、キンはキンでもおそろしくくすんだキンで、古さも古い仏像の金箔貼りの肌を思い浮かべればいい。シジミチョウの中でも小型の方だし、およそ目立たない。初めて採取したときも、向こうから飛んできたチョウを、別になんの期待もなくなにげなしにネットを振ったら入っていて、改めて調べてみたら、あれっ、ウラキンじゃないかとびっくり仰天した——それくらい目立たないのだ。びっくりしたのにはわけがあり、そのころ——チョウを追い求めて山野を渉猟していた六十年あまり前のこと——すでにかなりの珍蝶の部類に入っていた。今なら稀少度はキンどころかダイヤモンドなみかもしれない。ほかにキンのつくチョウはいないと思う。

ギンはいくつかいる。その一つ、ウラキンとは名前の上では対のようなウラギンシジミは、シジミチョウとしてはかなり大型で、裏は銀白色に輝き、高速で飛翔するときのそのきらめきはまさに人の目を奪う。ほかにもギンボシヒョウモンなどギンのつくものが何種かあるが、ギンと呼ばれるのは銀とまがう輝くばかりの白だけで、ただの白をギン呼ばわりすることはまずない。またただの黄色をキンと称することもない。たとえば白いのはシロチョウ、黄色いのはキチョウと、そっけないくらい正直この上なし。あとに述べる植物とは異なり、昆虫の色名のつけ方は潔癖だ——と書いて、大きな大きな例外があることに気がついた。

「こがねむしはかねもちだ　かねぐらたてた　くらたてた」この童謡はもう忘れ去られたかもしれないが、コガネムシにしてみれば、こんなことを言われて、冗談じゃないとさぞかし腹が立つことだろう。コガネムシ科は子どもに大人気のカブトムシを筆頭とする大きなグループだが、黄金はおろか、それに近い黄色のものも一つとして思い浮かばない。なにが「コガネ」なのか。だいたいが色は黒、青、緑、茶系統だが、輝くような金属光沢を持つものがかなりある。そんなところからつけられた名前だろうか。ルリセンチコガネなどまさに瑠璃そこのけ、ぞくっとするほど美しい。ただしこれが、タマオシコガネ（フンコロガシ）などと同じ糞虫に属するとあっては、その艶（つや）やかさもいささか艶消しかもしれない。

先ほど触れたが、植物の世界は色名のつけ方がかなりルーズで、大ざっぱに黄、橙に類するものをキン、白に近いものをギンと呼びたがるきらいがある。キンモクセイ、ギンモクセイ、キンミズヒキ、ギンミズヒキ、キンポウゲ、キンセンカなどおなじみのものが多い。バラの場合、黄色種は色をあらわすときまず例外なくゴールドで、ゴールドバニー、サッターズゴールド、ゴールデンハート……と思い出すまま数えあげるとたちまち十指にあまる。逆に白は、名花ホワイトクリスマス以下百パーセント、ホワイトと言ってよい。しかしこれは英語の話で、ひょっとして英語国民にはイエローはことばとしてやぼったく、別の芳しくない意味もあるのがまずい、ホワイトはホワイトで結構、シルヴァーと言いかえるのはむしろ気恥ずかしいというような感覚があるのかもしれない。

黄色をキンと言いかえることに関連して、赤もそうではないかと説をなす人がいた。金太郎がその証拠だ、と。これはむしろ逆だろう。金太郎こと坂田金時（本来は公時）は体が赤かった。

そこで赤いものを金時と称するようになったのではないか——サツマイモの一品種である金時や、金時豆、金時鯛、みな皮が赤味を帯びている。

ふしぎなのは金魚である。英語でも goldfish という。錦鯉には黄色で金色といってもおかしくないものがいるが、金魚は赤、白、黒に限られるだろう。不審に思ってちょっと調べてみたら金魚の学名は *Carassius auratus*（カラッシウス アウラートゥス）だった。アウラートゥスはラテン語で「金色の」を意味する。（因みに *Carassius* はフナ属。）ひょっとすると——臆測にすぎないが——この魚はもともと体色が金に近かったのかもしれない。

いや、待て待て。もう少し調べ直すと……そもそも金魚はフナの変種（改良種）で中国ではじめて誕生し、後にヨーロッパや日本に渡ったといわれる（日本渡来は十六世紀初め）。英語の goldfish の初出は一六九八年と辞書に記されている。生物分類のいわゆる学名はリンネが考え出した二名法（属名と種名を並記する）にもとづいており、リンネは十八世紀の学者である。そうすると英語の goldfish も学名の *Carassius auratus* も中国伝来の「金魚」なる呼称をそのまま踏襲したとも考えられる。日本語の「金魚」は当然そうだろう。とすると問題は中国名の「金魚」の由来は何かということになる。そこで漢和辞典をひいてみると、「金魚」の項に「魚の名。錦魚」という説明が出ていた。なるほどそうか、「錦」なら話がわからぬでもない。ひょっとすると、もとは「錦魚」だったのが同音の「金魚」にかわり、それがそのまま日本語、英語、学名となったのだろうと一応納得したが、はたしてどうか？

オリンピック、ワールドカップ、その他何につけ競技会で与えられる賞は、上から金、銀、銅と相場がきまっていて、それぞれに相当するメタルで作られたメダルが授けられる。ところが、最初にちょっと触れた切手の展覧会は一風変わっていて、国際的に金銀賞なるものが設けられている。金銀両方ならそれが最高と思われかねないが、実は金の下、銀の上である。フランス語ではvermeil（ヴェルメイユ）といい（英語はこれをそのまま借用してヴァーミルと発音する）、金メッキを施した銀を意味する。訳に窮して「金銀」としたのだろうが、もう少しなんとかならないものか。といって残念ながらこちらにも名案はない。

さらに銀と銅の間には銀銅賞というのがある。これはいったいなんだろう。銀メッキを施した銅かどうか、実はよくわからない。そして、金賞、銀賞の中でも特にすぐれたものは大金賞、大銀賞と区別がつけられており、実際問題としてメタルの材質をそう細かくは分けられまいから、金とか銀とか、あるいは銅がどうとかいっても、結局は順位をあらわしているだけではないかという気もしてくる。また考えてみれば、賞のしるしとして別にメダルが必要なわけもない。はっきりいえばメダルなどどうでもよくて、ディプロマ（賞状）、つまり紙切れ一枚でもじゅうぶん重みはあるだろう。

銀の下はふつうは銅である。結婚記念は、下からいえば、七年で銅婚、そのあといろいろあって区切りの二十五年で銀婚、五十年で金婚を祝う。もっと上まで行くとするとエメラルドとかダイヤモンドとかになる。かつてこのことを踏まえて、ナンセンスは承知の上で「欠陥翻訳の金字塔どころかダイヤモンド字塔云々」と冗談を言ったことがある。もちろんダイヤモンド字などあるわけがない。説明するまでもなかろうが、金字塔の金はメタルでもゴールドでもマネーでもない、文字どおり形ばかりの金にすぎない。

あれやこれや多弁を弄して申しわけないが、金銀をからめた表現はほんとうにいろいろあるものだ。庶民は年金、銀行にはしょっちゅうご厄介になっても、金銀の現物にはめったにお目にかかれない。お目にかかれないからこそ貴重で、それを得ようとする気持ちも強いわけである。つまり、金銀がことばにあらわれるおびただしさは、それに対する渇望、希求の大きさを示しているともいえる。実際はそれほどでもないのに、なんとか金銀に見立てようとする。

「シルバーシート」とはあまり言われなくなったようだが、もちろん老人の髪の色からきているのだろう。そして白髪より銀髪の方がよほど聞こえがいい。シルバー世代と呼ばれて悪い気はしない。やがて冬がきて雪が降れば一面銀世界と化し、銀盤に美女が舞う。正月のおせちには金団（きんとん）が欠かせず、ちらしずしを金糸卵が飾る。銀輪がコースを駆け抜け、銀鱗が水面（みのも）にきらめく。力士は横綱・大関相手に金星・銀星を獲得して万歳、男をあげる。聞くところによると、金星は美人を意味することもあるらしく、その獲得なら万々歳、男はいやましにあがるだろう。

　ワールドカップで金メダルを獲得したなでしこジャパンが国民栄誉賞を授与された。まさに金的を射止めた感がする。そしてテレビの画面が切り替わると、甲子園球場の銀傘に応援がこだましている。

　そういえば、金価格が急騰して金を換金する人が引きも切らぬとか。読みどおりに受けとれば、金（きん）を金（きん）に換えるで、思わず笑いたくなるような間抜けな話になる。メタルをゴールドにかえるなら錬金術だが、ここはもちろんゴールドを手放してマネーを手に入れること。なるほど「金は天下の回りもの」——これはカネと読んでもキンと読んでもよさそうだ。

パロディ句集

無理に通ればドアは引っ込む

——無理が通れば道理引っ込む

買った鰹（かつお）の尾も煮しめ

——勝って兜の緒を締めよ

主（ぬし）は来られずまた用事

——武士は食はねど高楊子

作るは十年まねは半年（はんねん）

——鶴は千年亀は万年

負うた子に押し潰され

——負うた子に教えられ

漸（ようや）くの口逃がし

——良薬は口に苦し

せいては男を見損ずる

——せいては事を仕損ずる

食いはぐれて酒になり

——国破れて山河あり

ビンゴすればどんと摩(す)る

——貧すれば鈍する

出る不義はたたかれる

——出る杭は打たれる

へんな天ぷら数食ってあたる

——下手な鉄砲も数打ちゃあたる

一年の刑は簡単である

——一年の計は元旦にあり

持ち寄りの冷飯(ひやめし)

——年寄りの冷水

服は買いたしお金は惜しし

——河豚は食いたし命は惜しし

孫にも相性

——馬子にも衣裳

ねぎま蓮根(れんこん)雲丹(うに)ままかり

——憎まれっ子世にはばかる

われ勝ちに取る札

——割れ鍋にとじ蓋

僧侶の金力

——総領の甚六

強引な仕事師
ゴム印屋の殺し
婚姻やり直し
更衣の藪柑子（やぶこうじ）
荒淫止（や）むことなし
女院やんごとなし
——光陰矢のごとし

多毛はあばずれ深情け
——旅は道づれ世は情け

愛は恋より秀で恋より濃い
——青は藍より出でて藍より青し

クイズの〔答〕

〔答 1〕

八本　エビ・カニの類は十脚類といってはさみを入れて十本脚ですが、タラバガニははさみのほか歩く脚は三対しかありません。カニと名前がついていますが、実際はヤドカリの仲間です。

〔答 2〕

もともとは鮒の腹を開いてその中にすし飯を詰めたのが雀のような形だったので、その名がつけられましたが、今は小鯛を使った押し鮨、棒鮨になっています。難波名物。

〔答 3〕

鎧(がい)球。もちろん鎧(よろい)のような防具をつけているから。

〔答 4〕

ゴルフのパット。ショートパットは文字通りどう転んでもホールに入る気づかいありません。

〔答 5〕

① フォア・グラ、トリュフ、キャヴィア（チョウザメの腹子の塩漬け）。
② からすみ（ボラの腹子を乾したもの）、このわた（ナマコの腸の塩漬け）、松浦漬（クジラの軟骨の粕漬け）。（異説もあります。）

〔答 6〕

⑥、⑦。

〔答7〕
おでき、おから、おなら、おこし、おひらき、おまる、おしたじ、おてつき、おかき、おはじき、おなか、おじや、おでん、おひや、おはこ、おしめ、おむつ、おてもと、おたま、おつき、おでこ、おはぎ、おばけ。

〔答8〕
同じように柿の実、栗の実といっても食べる部位はまったくちがいます。栗の場合、食べるのは種で、栗にしてみれば、これを食べられたら子孫ができないから困る。柿の場合、食べるのは果肉で、それを食べてもらって、中の種が地面に落ちれば、そこから新しい苗が出てくる。つまり、食べてもらいたいから、食べられやすい構造になっているわけ。

〔答9〕
さとし（聡し）。

〔答10〕
①あやめ、②うるさい。

〔答11〕
①九月、②二月、③十一月、④三月、⑤四月。

〔答12〕
ラテン語の Fac simile（ファクシミレ）（意味は「同じようにせよ　→（同じものを作れ）」）をそのまま英語読みに「ファクシミリ」としていたのを、さらに短縮して facs → fax にしたのです。

〔答 13〕

① 飛べ飛べ、天まで飛べ。

② 米と竹を取りに来い。

〔答 14〕

テキーラ　蒸溜酒　竜舌蘭

シェリー　醸造酒　ぶどう

アルマニャック　蒸溜酒　ぶどう

ウォトカ　蒸溜酒　ライ麦

ラム　蒸溜酒　サトウキビの糖蜜

紹興酒　醸造酒　もち米

〔答 15〕

三三七は‖○○○×|○○○×|○○○○|○○○×‖

三三一は‖○○○×|○○○×|○○○×|○×××‖

〔答 16〕

① ガラスとグラス。カップとコップ。アイロンとアイアン。ストライクとストライキ。ミシンとマシン。スコップとスクープ。パンチとポンチなど。

② 「フリーマーケット」の「フリー」はfree（自由な）ではなくflea（蚤（のみ））です。つまり「フリーマーケット」は「蚤の市」。

「レヤーチーズケーキ」の「レヤー」はrare（まれな）ではなくlayer（層）です。つまりチーズが層をなしていること。

〔答17〕

「画竜点睛を欠く。」

〔答18〕

音楽コンクール、メンデルスゾーンのコンチェルト、パーソナルコンピューター、スーパーコンピューター、ケミカルコンデンサー、合同コンパ、ゼネラルコントラクター、スポーツ根性、リモートコントロール、エアコンディショナー、ボディコンシャス、ミスコンテスト、ベトナムコミュニスト、ロボットコンテスト、マザーコンプレックス。

〔答19〕

ナイター、デッドボール、フライング、テーブルスピーチ、ファミリーレストラン、プライスダウン、キーホルダー、バックミラー、ベビーカー、ガードマンなどなどたくさんあります。

〔答20〕

① 目を持っていない（目は——）
② 大好きである（酒に——）
③ 鑑識力がない（人を見る——）
④ 勝ち目がない（この勝負、彼に——）
⑤ 囲碁の用語（この石は——）

〔答21〕

④「具者」は「お供」。この「具」はもともと「付き添う」という意味。料理の具も同じで主材料に添える副材料のこと。麺の上に乗せたり、まぜご飯にまぜたり、ちらしずしに散らしたり。因みに①、③の具は何かに使う器物、②、⑤の具は「具（そな）える（備える）」の意。

〔答22〕

「傾（なだ）れる」という動詞があります。意味は文字通り「傾く。傾斜する」です。それが「ななめに崩れ落ちる」から、さらに「雪が崩れ落ちる」ことに適用されるようになりました。「なだれ」はその動詞の連用形の名詞転用です。

〔答23〕

①オムカ、②サカバヤシ。

〔答24〕

trumpは「切り札」という意味です。そして、trumpはtriumph（トライアンフ）（勝利）という言葉がなまったものです。

〔答25〕

弦 楽 器　ヴァイオリン、ヴィオラ、チェロ、コントラバス

木管楽器　フルート　クラリネット　オーボエ　ファゴット（バスーン）

金管楽器　トランペット　トロンボーン　ホルン　テューバ

おわりに――謝辞

南窓社とは長いおつき合いで、六十歳で随筆集『目から鼻へ抜ける話』、七十五歳で論文集『トリヴィア・トリヴィオールム』、そして今、九十歳でパロディ集『蟹食へば……』を出していただいた。ぼくより年長ながら矍鑠（かくしゃく）たる岸村正路さん、まだまだお若い松本訓子さんには今回もたいへんお世話になった。厚く御礼申し上げる。

二〇一八年初夏

別宮貞徳

別宮貞徳（べっく・さだのり）

1927年東京生まれ。元上智大学文学部教授。翻訳家、評論家、エッセイスト。主な著書に『あそびの哲学』（講談社）、『日本語のリズム』『裏返し文章講座』『実践翻訳の技術』（筑摩書房）など。訳書にポール・ジョンソン『アメリカ人の歴史』（共同通信社）、ミッチ・アルボム『モリー先生との火曜日』（NHK出版）など。あわせて180冊に及ぶ。

蟹食へば…

二〇一八年九月二十五日発行

著者　別宮貞徳

発行者　岸村正路

発行所　株式会社　南窓社

東京都千代田区西神田二―四―六
電話（〇三）三二六一―七六一七
FAX（〇三）三二六一―七六二三
E-mail nanso@nn.iij4u.or.jp

ISBN 978-4-8165-0443-3